The Essays of Montaigne

【法】米歇尔·德·蒙田 著　张俊丰 译

蒙田随笔

四川文艺出版社

图书在版编目（ＣＩＰ）数据

蒙田随笔/(法)米歇尔·德·蒙田著;张俊丰译.
--2版.--成都:四川文艺出版社,2022.1
ISBN 978-7-5411-6133-9

Ⅰ.①蒙…Ⅱ.①米…②张…Ⅲ.①随笔—作品集
—法国—中世纪Ⅳ.①I565.63

中国版本图书馆CIP数据核字(2021)第199658号

MENG TIAN SUI BI

蒙田随笔

[法]米歇尔·德·蒙田　著

张俊丰　译

出 品 人	张庆宁
策划组稿	李 博
编辑统筹	苟婉莹
责任编辑	苟婉莹
封面设计	古涧千溪
内文设计	史小燕
责任校对	蓝 海
责任印制	桑 蓉

出版发行　四川文艺出版社（成都市槐树街2号）
网　　址　www.scwys.com
电　　话　028-86259287（发行部）　028-86259303（编辑部）
传　　真　028-86259306

邮购地址　成都市槐树街2号四川文艺出版社邮购部　610031
排　　版　四川胜翔数码印务设计有限公司
印　　刷　四川五洲彩印有限责任公司
成品尺寸　203mm×140mm　　　开　本　32开
印　　张　8.25　　　　　　　　字　数　190千
版　　次　2022年1月第二版　　印　次　2022年1月第一次印刷
书　　号　ISBN 978-7-5411-6133-9
定　　价　46.00元

目录

致读者

　　读者朋友，这是一本真诚的书。从一开篇，此书就会告诉你：我没有任何的写作目的，书中内容也都是家常的、私人的。我从未想过获得你的什么报酬，也更没考虑过以此书来图谋什么荣耀——我有限的一点儿才华也不足以达到这两个目的。我只是想把这本书呈给我的亲朋与挚友，希望他们能够在阅读时得到快乐。他们与我久未联系，本应早日谋面或者笔谈。暂凭此书让他们知道一点儿我的现状和我的思想，希望他们能够因此而更全面、更生动地了解我。如果是为了取悦所有人，那我一定会大肆美化一下所有的文笔，不惜模仿别人、借鉴名篇。但我只是想以自己简单的方式，自然地、平静地写自己所想，不矫饰，也不做作，更谈不上呕心沥血。因为我描写的只是我自己而已。

　　行文中，可以明显地看见我的缺点、我的不足，还有我的天真与无知。当然，所有文字也不至于会亵渎大众对我的尊重。所幸，我生活在一个平静自由的国家，那里的法律、风俗尚属淳朴。因此我向你保证：我很乐意将一个完整的我呈现给你，毫无遮掩。所以，读者朋友，我自己成了这本书的主要材料。不过，万不敢以此为理由，让你腾出宝贵的闲暇时间来翻看这么一个轻浮、虚伪的主题。

愿上帝保佑。

蒙　田

1580年6月12日

我的书

　　我写此书只是为了少数人，流传几年即可。如果想让本书历久弥新，那应该使用一种较为稳妥的语言——拉丁语。而法语，按照当今语言的发展趋势，在不断地变化中。谁能肯定今天的语言在五十年之后还会被使用呢？每天它都在我们的手中悄然变化着。在我的有生之年，它已经改变了一半多。我们都认为当今的法语已经尽善尽美。然而每个年代的人们都是如此看待他们的语言的。我们的语言只要像目前这样，还在不断地变化，我就认为它不可能完美。有价值的文学作品对稳定语言有一定的作用，至于语言的影响力，则会随着国运的盛衰而有起伏。

　　正基于此，我才不怕用我们的语言（法语）来写一些仅对当下的人们有点用处的我个人的想法。书中写到的问题也许会触及一些特殊知识。这些知识对于某些志向远大、目光深远的读者来说，会被吸收。因为他们的理解力总是在一般的读者之上，所以不会引起理解上的纷争。老实说，我不愿自己死后引起什么争论。我自己常常见到人们谈起死者时的争论。争论的人每个人都会说："他就是这样生活，这样判断问题的；他就是这个意思；如果临终前他能说话，就会这样说……我比任何人都更了解他！"

现在，我就在礼节允许的范围内，将自己的意愿和情感写进这本书中。不过，对于那些想更了解我的人，我更愿意与之无拘无束地私下交谈。虽然我是这样想，但是如果读者仔细阅读，还是会发现：在这些回忆性的文字里，我已经和盘托出了自己的一切，或是已经做出了明确的标识——表达不了的东西，我就想办法标识出来。

我并没有什么值得人追捧、令人费心猜想的东西。如果有人要这样做，那么我希望他能够做得公允、准确。否则，我也不吝从另一个世界返回，来揭露歪曲我本来面目的人——哪怕这种歪曲是为了给我增添光彩。我发现，即使是对于活着的人，人们谈论起来其实也并非他们本人，遑论死者。所以，如若不是我竭尽全力地维护我所失去的一位朋友，自然就会有人将其形象弄得支离破碎，前后矛盾，让我无法接受。

为了将我并不突出的性格描写出来，我得承认一件事：旅行时我不喜欢寻找住处。因为住处总是妨碍我的自由幻想。比如我总是幻想着自己在路途中生病、安然死去。我喜欢在兴之所至的地方休息。这些地方与众不同，没有嘈杂的声音，没有忧郁的气氛，既不见人吞云吐雾，也不见人被俗事缠身。由于这些清雅的环境，我都赞叹起死亡的可爱来。或者更应该说，死亡是我摆脱一切烦扰纠纷的彼岸之地，我更想安静地忘掉一切，仅仅等待着她的到来。死亡于我是那么平静自然，无须任何叨扰。我喜欢她来得舒适自然，平静惬意。死亡之于人生是一个非常重要的结局，无可替代。但愿我的死亡不会掩盖、隐藏我生平的任何事，也不会引起任何的曲解。

勇敢与宽恕

当我们冒犯了一个人，偏巧他又掌握着我们的生杀大权，为了得到对方的宽恕，我们一般会用屈服来换取对方的怜悯和体谅。然而，如果相反，我们以勇气、刚烈和不屈来直面对方，有时也会得到同样的效果。

威尔士亲王爱德华曾经长期统治我们的吉野那地区，不仅拥有巨额财富，还享有很高的声望。他在被利摩日人激怒后要进行屠城报复。无辜百姓跪地求饶时他无动于衷，妇女儿童饱含泪水祈求宽恕时，他也没有停止杀戮的打算。然而，当他走到市中心看到三位法国军官毫不畏惧地誓死抵抗他的胜利之师时，这意外的勇敢引起了他的钦佩与尊敬，平息了他的愤怒之火。于是，由于这三位勇士，他赦免了全城百姓。

希腊爱比尔的王子斯坎的贝尔在追杀他手下的一个士兵时，该士兵苦苦哀求、屈膝乞怜，都无法平息王子的怒气，更得不到宽恕。不得已，士兵最终紧握长剑，毅然等待与王子对决。他的主人看到他能如此下一个可敬的决定，马上怒气全无，赦免了他的罪。当然也许会有人对这个例子有其他的解释，不过那是因为这些人不知道王子超凡的勇气和过人的力量。

日耳曼皇帝康拉德三世包围了巴伐利亚公爵盖尔夫之后，

无论对方的人如何卑躬屈膝、低三下四地求饶，他都不肯和解——只允许与公爵同行被围的贵妇人们步行出城，以保全她们的名誉；还容许这些女人尽可能地带走所想带的东西。结果，这些品性高洁的女人一个个勇敢地将自己的丈夫、孩子，甚至公爵，都扛在了肩膀上。康拉德皇帝看到这一幕，被她们的勇气所动，居然感动得流下欣赏的泪水。从此，他不再追究与公爵的仇恨与怨怼，开始人道地对待公爵以及他的子民。

其实，这两种让对方宽恕的方法都很容易打动我，因为我对慈悲与怜悯根本没有抵抗力。恻隐之心与尊敬之意相比，前者很自然地在我心中就超过了后者。然而斯多葛派的哲人却将怜悯视为有罪：他们提倡我们去救济苦难中的人，但是不允许我们心存恻隐和怜悯之心。

当我们目睹这两种方式非此即彼让心灵屈服，就会知道上述的几个例子是多么的恰当。如果归类的话，大概可以如此划分：恻隐之心是温和、良善和软弱的表现，所以那些天性比较软弱的凡夫俗子、妇女、儿童更容易被打动；至于那些蔑视眼泪与哀求，只尊敬勇敢的神圣形象，则多出自坚毅刚强、不屈不挠的心灵。他们只崇敬男性的坚韧与顽强。当然，不怎么高贵的心灵，有时出于钦佩与震惊也会产生相同的效果。

以底比斯[1]的人民为证。他们将那些到了任命期限而不卸任的将领送交重罪法庭审判。其中一个叫佩罗皮达的，经不住控诉，向人民屈服，为自保不住地苦苦求饶。但是人民却很难

---

[1] 古希腊城邦之一，最强盛时曾经称霸希腊，后被马其顿帝国所灭。

宽恕他。与之相反，伊巴密浓达却把自己做的所有事情淋漓尽致地颂扬一遍，并高傲自信地谴责民众忘恩负义。结果，民众开始为他喝彩，在最后表决时居然不敢投票，以至于直到最后散会，大家都在称赞这位将军的勇敢。

同样是在希腊时期，老狄奥尼索斯经过了长期极端艰苦的战争才终于攻下莱日城，并俘虏了坚守该城的名将费东。对于这位品行高尚的君子，老狄奥尼索斯决意施以报复以儆效尤。他首先对费东描述了一遍他前一天是如何将对方的儿子和所有亲戚溺死，然而费东只是淡然回答说"他们比他那天更痛快"。老狄奥尼索斯随即又剥掉费东的衣服，把他交给刽子手，不仅用酷刑折磨，还以言语侮辱，甚至残忍、卑鄙地拖着他游街。但是费东并未因此而屈服，他毫不动容，反而告诉刽子手他为自己的死因感到高尚光荣：不肯将自己的国土交给一个暴君——一个必将遭到众神惩罚的暴君。老狄奥尼索斯从士兵们的眼中看出他们并未被这位手下败将的言行顶撞所激怒，相反士兵们开始蔑视他们的将领和已经得到的胜利。显然，他们已经被费东所感动折服，甚至想把费东从卫队手中抢出来。如果继续下去，反叛的可能性也不是没有。于是老狄奥尼索斯只好放弃对费东的残酷报复，不得不悄悄地派人将这位将军溺死在海中。

人确实是一种极其虚伪、善变又各不相同的动物。想对人做一个永恒不变和整齐划一的评价几乎不可能。罗马名将庞培非常仇恨马麦丹城，但是由于一个叫泽农的公民自愿独自承担全城的罪过并替所有人受刑，这位名将感动于泽农的勇气和担当，最后赦免了全城。然而同样的举动、同样的勇气，希拉[1]的食客为佩鲁贾城献出生命却于己于人都没有带来任何好处，希拉根本无动于衷。

也有与我先前的例子正好相反的。亚历山大[2]原本是一个最勇敢，同时又很容易宽恕仇敌的人。在攻破加沙城的时候，他历经了无数的困难，最后终于俘虏了守城官贝蒂斯。贝蒂斯英勇顽强，亚历山大在围城时就早有领教。整个战役中，贝蒂斯历经磨难，最后在部队溃散、武器折断、自己遍体鳞伤的情况下，依然在马其顿人的围困中孤身奋战。亚历山大为这场胜利付出了惨重的代价：除了损兵折将，他自己也中了两处箭伤。面对沦为阶下囚的敌人，亚历山大对贝蒂斯说："你不会死得如你所愿，你会受到战俘可能受到的种种折磨。"然而，面对这威吓，贝蒂斯只是报以傲慢的镇定与沉默。亚历山大为眼前的一幕异常愤怒，禁不住自忖："他怎会不低头？他怎会不求饶？我一定要战胜你的沉默，即使不能让你说一句话，至少也要听见你呻吟几声！"狂怒中的亚历山大命令士兵刺穿贝蒂斯的脚跟，将他拖在马车后狂奔，直至粉身碎骨。

是否亚历山大对于勇敢已经司空见惯，不认为这一品质有多么值得尊敬？还是因为他只把勇敢视为自己独特的优点，不容许别人达到与他一样的高度，因妒生恨？还是因为他性格刚烈且暴躁，怒火无法控制？

如果他能够因对手的勇敢而抑制自己的怒火，产生对敌人

---

[1] 古罗马独裁者之一。

[2] 亚历山大（前356-前323），马其顿国王，曾建立亚历山大帝国，历史上最有名的皇帝之一。

的尊敬，那么在攻城战之中他就已经平息了报复之火。攻城战中，他目睹对方的勇士们在胜利无望、队伍被冲散之后，依然顽强抵抗，六千多将士不仅没有一个人逃跑、投降，而且还主动与他的胜利之师做困兽之斗，只求光荣地速死。他们没有一个人因伤惧敌，个个都只要还有一口气在就会冲向敌人，手持残缺不全的武器至死方休——以敌命换己命。然而，如此英勇刚烈、荡气回肠的惨剧依然不能软化亚历山大的铁石心肠，一整天的杀戮都未能平息他报复的怒火。屠杀一直持续到最后一滴血——剩下的三万老弱妇孺、手无寸铁的人也被罚为奴隶。

论悲伤

悲伤这种情感最与我无缘。我既不喜欢它，也不觉得它有多么重要，尽管别人都对它特别地另眼相看，甚至将其与智慧、德行和良心联系在一起。多么蠢的蹩脚装饰品！意大利语中"悲伤"与"恶意"是同一个词的两个意思，这是多么准确——悲伤实在是一种有害无利的疯狂品质。难怪斯多葛派的哲学家们将其和怯懦与卑贱归在一起，并以他们的智慧来抵御这种病态。

相传古埃及一位国王被波斯王打败。被俘之后，当他的朋友们看到他的女儿穿着婢女的粗衣烂衫汲水时，无一不痛心疾首，而他却只盯着地面，默不作声。即使后来看见儿子被处决，他依然是这种态度，似乎漠不关心。然而一看见自己的随从在俘虏群中被驱来赶去，他却顿时捶胸顿足，悲从中来。

这个故事与另一个我们身边的某位王子的事迹很相似：这位王子得知长兄的死耗时非常镇静，继而是二哥的死讯，他依然保持镇定。然而几天后，他的一个随从去世，他却再也忍不住悲伤，号啕大哭起来，看者无不动容，都以为这最后的死亡才将他坚强的意志撼动。然而事实却是：心中真正充满悲伤时，任何一点轻微的增加都会将心理防线击溃。这也是第一个故事的最好注释。假如我们看了那个故事的下半段就会明白这个道理：据说，波斯国王问那位埃及国王为什么他对儿女的命运丝毫不动容，却如此这般经不起随从命运的打击。后者回答说，这是因为，只有最后一次的悲伤可以用眼泪来表达，前两次都超越了任何的表达方式。

这两个故事顺便让我想起一个古代画家的事迹。他在画伊菲革涅亚[1]被献祭的时候，这位无辜美女身边人脸上的悲伤本来是按照他们与其关系的远近来表达的。而当画家画到伊菲革涅亚的父王时，不得不用自己艺术表现手法上的法宝：阿伽门农双手掩着脸——似乎没有什么神态可以表达出这位父亲当时的悲伤。同样的道理，诗人们在描写相继丧失七子七女的尼俄柏[2]时，也是想象她化成了岩石——只有这样才能表达出那种失去一切时根本无法用语言表达出的悲伤：感官退化，意识昏迷。

德国的费迪南国王在布特与匈牙利国王若望的遗孀作战时，他的一位将军——拉希雅克看见士兵们从战场上拉回一位骑士的尸体。这位骑士在战场上勇猛异常，大家都目睹过，因此都想认出他到底是谁。将军与众人一样，也是叹息不已。然而等揭去骑士的盔甲，赫然发现这就是自己儿子的时候，在众人声嘶力竭的恸哭中，将军却独自不声不响，只是一味地凝视着尸首——直到这极度的悲伤凝结了他的血液，让他僵直地倒在地上，停止了呼吸。

---

[1] 古希腊迈锡尼国王阿伽门农的女儿。其父因冒犯狩猎女神而遭到报复，远征特洛伊的船队无法起航，必须将女儿献祭给女神才能避免这次降罪。

[2] 古希腊神话中忒拜国的王后，因很多事感到自豪，尤其是拥有七子七女，并因此而嘲笑太阳神阿波罗的母亲。后遭阿波罗报复，七子七女全部被射杀。

以假象来释放情绪

我们身边有位饱受痛风折磨的绅士，医生强烈建议他不要吃腌肉。每次医生发话，他都会很幽默地回答：对待烦人的病痛，总得找个由头发泄下怒火——他每次犯病只要大骂一通那些香肠、酱牛舌、火腿之类的，心情就会好些，病症也似乎减轻了不少。没有目标的感觉确实如此，就像我们以手击物，如果没有击中，那么手臂一定会疼。同样，如果想有一个舒适的视觉感受，那么眼前就必须有对象出现在视野，而且距离也要适中，以免对象消失或者模糊。

与此同理，灵魂失掉原则，摇摆不定，也会自己消失。因此我们必须经常给它用以瞄准和施加作用的对象。普鲁塔克在谈及那些宠爱猴子和小狗的人时说：这也是我们天性中爱的一部分。由于没有正当的对象，宁愿虚构一个假的、低贱的来聊以自慰——这总比没有强。我们知道：激情中的灵魂宁可虚构一个假象以自欺，也不愿无所事事。

狂怒中的野兽甚至会攻击打伤它们的石头和铁器：以自己锋利的牙齿来为自己所受的痛苦报仇。

当我们突陷苦难时，什么原因使我们不会臆想？为了拥有或者追求，什么东西没有被埋怨？——无论对与不对。当你亲爱的哥哥不幸殒命于一颗子弹的时候，找别的地方发泄你的愤怒吧——须知，无论是被你怒扯的金发，还是被你无情捶打的雪白胸脯，都不是罪魁祸首。

里维斯在谈到驻西班牙的罗马士兵时说：他们有一次失去了两个队长（一对兄弟）的时候，"马上一起痛哭，痛打自己的头颅"。这居然还是一个习惯。哲学家比翁也曾取笑过一个由于烦恼而乱扯自己头发的国王。他讽刺说："这位难道真的认为秃头可以减轻自己的痛苦？"除了这几个例子以外，谁没有见过输钱的人咬碎纸牌、吞掉骰子以泄愤呢？薛西斯一世曾经鞭笞大海，还给阿多斯山下过战书；希鲁斯曾经专门将军队逗留数日以报复冉杜思河——只因为他在渡河时受到了惊吓；而暴君卡里古拉曾摧毁一套非常漂亮的房子来为母亲报仇——她曾被关押在那里。

我年轻的时候，人们经常讲一个国王的故事。这个国王因为受到了上帝的杖责，发誓要报仇：十年之内不准他的臣民向上帝祈祷、跟上帝说话；只要自己掌权一天，所有人都不得信仰上帝。这故事与其说是在讲这个国家的愚蠢，还不如在说他们的狂傲。这两个毛病经常都混在一起。但是就这个事情来说，原因更出自狂傲，而非愚蠢。

奥古斯都·恺撒曾在海上饱受颠簸之苦，于是决定向海神报仇：在一次盛会上当众将本来列于众神之中的海神雕像移走。这件事比前几个例子都更无可宽恕，即使跟他另一件蠢事相比，也更不可原谅。另一件事情发生在他的将军甘地留思·瓦鲁斯在德国战败之后。出于愤怒与失望，当时的这位恺撒居然一边以头撞墙，一边大喊："瓦鲁斯，还我的士兵！"

这些事例都关乎愤怒，但是却甚至能发展到渎神的地步——这些人迁怒于上帝，或者迁怒于命运，仿佛命运长有耳朵可以听到我们的怒骂与不满似的。还有一个例子，就是特拉斯人。他们每逢电闪雷鸣，就会向天放箭——好似泰坦神要报仇似的——以让上帝屈服。然而，正如古代诗人普鲁塔克在诗中所说的那样：

切勿迁怒于事物，
一切都于事无补。

我们总是对于错误的对象横加指责，对自己错乱的思维却从不深究。

论懒散

如我们所看到的那样：旷地如果肥沃膏腴，必然长满各种无用的杂草。如若想让它们有所产出，那就必须开荒播种。这与我们看到的妇人一样：任由她们自己，只能生出不成形的肉块。如若想得到良好自然的后代，就必须施以良种。心灵亦然：倘若没有什么思想约束控制它，就会漫无节制，胡思乱想。在这种躁动的心灵状态下，没有什么疯狂与幻想不会萌生出来。

同样，灵魂如果没有固定的目标，那就会失去方向，正如俗语说的那样："无处不在等于无处在。"

我最近赋闲在家，想尽一切可能不理旁事、放松心灵，优哉游哉地度过这短暂余生。然而，我发现这一切并没有对自己的心灵有什么大的帮助——除了让它变得完全懒散，无所事事，不再活跃。本想今后更加放松，更加从容，更加坚定与成熟地懒散下去。但是，我发现：

懒散无助于心。

脱缰的马跑起来会比平时快百倍——因为失去了约束。

对我而言，闲暇中的心灵也如那脱缰的马一样失去了约束，催生了无数的妖魔鬼怪，没有顺序，没有目的，混乱地在心中奔腾。为了思考它们是如何的荒诞不经，我已经开始记录这些混乱的思维片段，以便日后用它们来羞辱那懒散的心灵。

论撒谎

没有人比我更不想谈自己的记忆力了。因为我几乎找不到它在我身上有什么痕迹，也不信这世界上居然还会有人比我记忆力更差。我当然还有其他特点，坏也好，正常也罢，但是"记忆力差"这个禀赋堪称独特稀有，可以为我赢得名声。

除了记忆力差导致的自然而然的不便利以外（记忆力真的很重要，柏拉图就深知它的必要性，并合情合理地称之为伟大且强大的女神），在我的家乡我还要承受另一种痛苦。因为在这里，批评一个人没有见识的时候会说他"没有记性"。每当我向人抱怨我这个缺点的时候，他们总是反对，从不肯相信我——仿佛我是在好端端地控诉自己是个疯子一样。在他们眼中，记忆力与见识没有任何差别。这使我更吃亏。但是，他们错怪了我：经验证明——与他们的观点相反，上好的记忆力总是搭配着糟糕的判断力。另外他们的错误还在于：我除了做朋友外几乎什么都不会——所以，指责我也就等于忘恩负义。他们因指责我的记忆力而上升到怀疑我的感情，把天生的缺点当作良心上的缺点。"他忘了这个请求或者那个承诺。"他们说，"他从不想念他的朋友。"他们全想不到：为了爱我，要怎么说，怎么做，怎么隐瞒一些东西。我确实很健忘，但是因不上心而忽略朋友所托，这种事我可做不出来！但愿大家能够宽容我这个可怜的缺点，别把这个缺点当成恶意，尤其是这种与我本性相反的恶意。

不过，我也不是没有慰藉。

首先，记忆力不好如若是"恶"，那么我也因此改掉了另一"大恶"：野心。因为这个毛病对于想控制世间事务的人来说，实在是一个致命的缺点。正如大自然在进步过程中的很多例子：大自然加强了我其他方面的禀赋，同时也减弱了我的记忆力。由记忆力衍生出的良好的创意与新奇的发现对我来讲变得很困难。因为我的思维与判断力受到记忆力的束缚而不能尽量发挥它们的作用。如此，我也就理所当然地做个平凡的人。我讲话随之也比较简短，因为假如记忆是家商店，那它里面的货品远比创建这家店要多得多。如果记忆力能够随我所欲，我一定会在朋友们面前喋喋不休。因为任何话题都会激起这点才干，让人口若悬河。这是多么可悲！我身边有几个朋友就是这样：由于记忆力良好，他们能够随心所欲地想起某个题材，然后又会将他们的故事追溯到很久之前，还添油加醋地补充很多不必要的细枝末节。即使是个好故事，冗长的讲述也会使故事变味；如果故事不好呢？那就真不知道是该诅咒他们幸运的记忆力，还是他们不幸的判断力。话题一旦偏离，上了高谈阔论的道，那就很难再收回或者是截住。这就像奔跑中的骏马一样，干脆利索、简短有力的骤停有几匹马能做得到？即使是那些说话切题的人，我也见过有很多虽然想停住某个话题，但是却做不到的例子。他们一边想及时"刹车"，一边却啰啰唆唆说个不停，就像一个虚弱的人却跟跟跄跄地走着不肯停。在这点上，老人尤其"危险"——他们对过去经历的事情历历在目，但是已经说了多少次却一点记忆都没有。我就遇到过将饶有趣味的故事讲过多遍，直到讲得索然寡味的例子。因为这些故事出自某位爵爷之口——不幸的是，该爵爷每次讲这些故事的时候，他的听众都已经听过不下一百遍了……

其次，记忆力不好可以让我少记不少侮辱。有位古人在这方面跟我一样。这就是大流士王。他为了不忘记雅典人给他的侮辱，让他的仆人每次用餐时大声说三次"主啊，别忘了雅典人！"他是为了记住仇恨而不得不这样做。而我呢？重游的地方与再读的书籍都永远是那么新鲜……

记忆力不好的人，就不要做撒谎的人。这并非没有道理。我知道那些语法学家将"说假话"与"撒谎"区别开来：说假话是指说一件假的事情，但是说的人自己信以为真；撒谎在拉丁语（我们法语的源头）中却是定义为昧着良心说话。因此撒谎只用于指那些言与心违的人。这些人就是我现在想论及的。

这些人要么凭空捏造整件事，要么掩饰或改动一件事的一部分。那些所掩饰或改动的部分，如果他们经常复述到一件事当中，就很难不被人发现。因为事情的真相总是先形成在他们的记忆里，相关概念与认识已经在那里刻下了印记，与我们的想象相呼应，将假象与虚伪排斥在一边。同时，与真相相关的信息也会不断地在他们的记忆中反复出现，从而让那些虚假的或者荒谬的细枝末节露出马脚。至于他们完全捏造的一些事情，由于没有相反的，也就是说真实的印象来动摇他们的虚伪，似乎倒没有那么容易识破。然而，由于这些谎言是空无的框架，没有根基，所以也很容易被记忆所忽略，更难确定。对于这种情况，我经历过许多有趣的事例：那些靠花言巧语、看上司的脸色来行事的人最终都会吃亏。他们不惜背着自己的信仰和良心，随时随地地按照要求修改自己的话。同一桩事情，他们有时说灰，有时说黄，朝三暮四；对一些人这样说，对另一些人又那样说。然而，如果听众偶尔把所听到的前后矛盾的信息对比起来呢？任他们巧舌如簧，这种伎俩能撑到几时？更何况，他们自己也总是自相矛盾。因为不管多么好的记忆力，哪里能容得下同一主题如此多的形式呢？我就亲眼所见与我同时代的人苦苦追求这种手段所能得到的名誉。殊不知，即使得到了名誉，效果又如何？

事实上，撒谎的确是一个令人诅咒的罪恶。我们之所以为人，之所以人与人之间可以交往，全靠语言。假如我们认识到撒谎的危害与恶果，我们会用火刑来对付这种罪恶——比对什么罪恶都更适当的刑罚。

我发现人们乐于惩罚一些无心犯了错误的孩子。他们只不过因为冒失，干了些既无意识、也无后继影响的傻事儿，就受到了斥责。在我看来，只有撒谎，其次还有冥顽不化，才是最应该防范的坏习惯。应该竭尽全力地将它们消灭在萌芽状态，更不能让它们滋长。一旦疏于防范，这些坏习惯被孩子们养成，我们就会惊奇地发现：再大的努力也改不掉他们的这些恶习了。受这些恶习的影响所及，我们就会发现经常有些人，他们在其他方面非常正直，但还是难免受制于这种恶习。我认识一个小伙子，本是个很不错的裁缝，但是我从未听他讲过一句实话，哪怕是在讲实话对他有用的时候。

假如跟真理一样，谎言也只有一副面孔，那就好办了。我们只需将经常撒谎的人所说的话的反面当真话即可。然而，可惜的是，真理的反面有千万副面孔，无限的空间。谎言亦然。

　　毕达哥拉斯学派的人认为善是恒定的，有限的，而恶是无限的，不确定的。千百条路将我们引向荒野，只有一条能将我们带到目的地。我从不敢确定，即使我竭尽全力来撒一个厚颜无耻、一本正经的谎言，是否就能因此而避开一个明显且极端的危险。

　　有一位神父曾经说过："与言语不通的人相比，我们宁愿让狗做伴儿。"而谎言，与沉默相比，更难让人与人交流。

口才的缓与急

无人可具所有美德。

同样，关于口才，我们常见有些人说话总是那么轻松自如，胸有成竹；而另一些人说话总是慢，从不高谈阔论，还常常需要思考。就像我们依据女人身体不同的美点去做不同的游戏和锻炼一样，如果让我给这两种口才提出建议，我觉得职业上，第一种口才的人更适合做律师，而第二种口才的人更适合做牧师。牧师的职业允许他有充足的时间来准备自己的发言，而且他的职业生涯就是一条无间断的直线；律师则需要随机应变，对手出其不意的反驳往往打破他的思维，必须采取新的应对措施。

可是在教皇克莱芒与国王弗朗索瓦在马赛的会面上却发生了一件相反的事情。毕生跟法律打交道并且声名远播的大法官普瓦耶先生当时负责给教皇准备一篇致辞。写致辞的时间相当充足，而且还是在巴黎做好了带过去的。可是到了宣读的那天，教皇担心他要说的主题会冒犯届时在场的各个国王的公使，于是向弗朗索瓦国王提议另一个切合时地的题目。这个题目与普瓦耶先生准备好的完全不同，以至于他准备好的致辞内容完全失去了用处，必须马上重写一篇。本应才思敏捷的大法官却觉得自己根本不胜任再写一篇的重任，不得已让红衣主教杜贝莱来捉刀。

律师的工作比牧师要难。但是我倒觉得合格的律师比牧师要多，至少在法国是这样。

似乎反应越是机敏、迅速就越有智慧，而越是沉着、缓慢就越具有判断力。然而那些只要没有时间准备就一句话都说不出来，或者是尽管准备很久却依然说得一团糟的人，却也都显得那么令人费解。据说喀索斯不假思索的发言会比构思好的更加精彩。对于他来说，谨慎准备还不如随机应变，而说话时被人干扰则更能激起他的口才。他的对手们都很惧怕打断他的话，因为愤怒能让他的口才加倍的好。经验告诉我，这种天生的口才禀赋不需要深思熟虑，也不需要事先准备。如若不能自由、畅快地运用，这种禀赋反而会失去它的价值。我们常说一些作品有"油灯味儿"，就是因为作品由于被过多地思考与修改，反而变得生涩和佶屈聱牙，失去了自然的味道。同样，心灵越是紧张焦虑、谨小慎微，就会物极必反，反而让人无法将事情做得更好。这就像水流，过于湍急、满溢的时候，反而不能从开着的小口流出去。

我所说的这种天生的口才禀赋，有时候也并不需要像喀索斯的愤怒那样强烈的情感来刺激（这种刺激过于猛烈）。它所需要的不是摇晃式的刺激，而是启发式的刺激。如若种子一样，阳光、雨露……外在的条件一旦具备，就会将其温暖，把它唤醒。然而，如果只有这个禀赋，而无外界刺激，那它就会沉沦，就会泯没。只有在运动中它才会生存下去，而运动也正是它的价值之所在。

我并不能很好地控制自己，支配自己。机会与偶然比我的主观努力更具有影响。环境，伴侣，甚至我声音的自然抖动都会抽出我更多的智慧——与我独自探测、思虑、操控相比。

可以这么说：如果两样没有价值的东西选其一的话——我的语言比我的文字要更好一些。

常有这种情况：我寻找自己的时候却发现不了自己；找到自己也是出于偶然，而不是出于精密的思考。比如，在写作的时候卖弄了某个小技巧。我也很想那么做，对别人来说也许费解，对于我来说却只是磨炼一下技巧而已。这是实话，不过谁都有自己的说法。可是到了后来我自己也不知道到底想要说什么，苦苦思索也无用，反而是不经意间又明白了意思。如果带着刀，随时抹去我突如其来的想法，那么我也就毁掉了整个自己。也许将来偶然的灵光一现，其光辉堪称如日中天，会让犹豫中的我啧啧称奇，继而豁然开朗。

善恶在于一念

有一句希腊格言是如此说的："人之所以为物所困，皆出于对物之所识，而非物本身。"假如这句格言能够处处被视为真理，那么，我们可悲的人类生活困境至少可以得到可观的改善。因为既然恶只是因为我们的认识所致而伤害我们，那它便无多大可怕之处，我们也完全有可能将其变为善。如果事物能够被我们所掌控，那么，我们为什么不利用它们，支配它们？如果恶与痛本身并非如此，只是我们将自己的想象强加于它们，那当然我们就还有其他的选择——我们拥有改变它们的能力。其实，没有任何东西强迫我们，如果非要凡事往坏的方面想，将恶加在疾病、贫寒、侮慢的头上，那实在是一种非常愚蠢的行为。我们也可以将善的一面加在这些事物上。如果命运给予了我们各种内容，那么给它们形式的恰恰是我们。一切我们称之为恶的东西，并非它们的本质就是恶，善恶取决于我们。即使它们有恶的一面，至少我们也可以给予它们另一种形象，另一副面孔。

如果那些我们所恐惧的事物本身主宰了我们，那么人人都一样，无一例外，因为所有人都是同类。除了程度或多或少的差别，每个人的思维和判断力都相差不大。但是对于同样的事物，意识的多样性显然证明了它们在我们的大脑中也是由很多成分组成。一个事物偶然给予一个人以一种形象，也许这是真实的。但是同时，对于其他人还有千百种形象，各不相同，甚至相互矛盾。

我们视死亡、贫穷、痛苦为主要敌人。

首先是死亡。它被一般人称为"可怕事物中最可怕的"。但是谁不知道还有很多人称之为"人生苦痛之唯一避风港"？"大自然之至善""自由之唯一基石"和"驱除万恶之良药"？有人颤抖、恐惧地等着它的到来，也有人却对它淡然处之，视同寻常，甚至有人埋怨死亡过于轻易。而古希腊哲学家迪奥多洛斯把死亡看作是一件非常快乐的事！他对威胁要杀死他的理西马索斯[1]说："杀我你可很费力——跟让我喝春药差不多。"大多数的哲学家都预先安排死亡，或者是预料到死亡，甚至想办法加速、催促自己的死亡。

除了以上这些，还有多少普通人也是或出于傲慢，或出于淳朴天性，从容赴死，言谈举止丝毫未变，让人不可思议。尽管他们的死，要么跟羞辱有关，要么还涉及酷刑，但是面对死亡，他们无论是料理家事，还是将后事托付给朋友，无论是演讲、唱歌，还是讲笑话、插科打诨，甚至刑场上为朋友举杯煮酒，这些行为简直都与苏格拉底没有什么不同。

有个死刑犯要被拉往绞刑架，这时候他竟然提出要求：不能从某条路走——因为他怕一个商人在那儿向他讨债，商人看到他，一定会拦着他，抓住他衣领不放手。另一个死囚行刑

---

[1] 马其顿将军、总督。在亚历山大死后成为国王。

时居然对刽子手说不要触摸他的脖子——因为他太怕痒，会失声大笑的。还有一个死囚刑前做忏悔，神父最后安慰他说死的那天他将与天主共同进餐。结果死囚不愿意了，"要去你去！我非要绝食不可！"还有一个"胆小"的死囚：刑前要水喝，但是刽子手先喝了一口，结果他坚决不再喝水了——怕被染上梅毒。另外，大家该听说过那个比卡迪人的故事吧：这位老兄在绞刑架下快要被吊上去的时候，有人把一个女人带过来——只要他肯娶这个女人（我们的法律有时是允许这样做的），他就可以被赦免。结果，这位老兄定睛一看便坚决拒绝了，嚷嚷着说："什么？是个瘸子？还是吊死我吧，快绑，快绑！"同样的故事在丹麦也有一个，而且广为人知。一个已经上了断头台的死囚也拒绝了同样的条件——不肯要人家供给他的女人以求被赦免，理由居然是：女人的脸太扁，鼻子太尖。图卢兹地方有个仆人被人控告信仰异端邪说，他申辩的唯一理由是：他只不过随了主人的信仰（主人是个年轻学生，和他一同入狱）。他宁死也不肯承认自己的主人会有错。我们在传记中也可以看到这样的记载：阿拉斯城被攻陷的时候，城中很多百姓宁肯被吊死，也不肯向路易十一喊"国王万岁"。还有些灵魂卑贱的小丑，即使到死也不肯放弃他们的戏谑本性。有一个小丑就是这样。当刽子手把他吊起来还没有施以绞刑时，晃来晃去的他嘴里还说着"摇啊摇……"——这句他的口头禅。还有一个以戏谑为命的人临断气时被抬到火炉边的席子上，医生问躺在床上的他哪里痛，他居然回答说："在火与床之间。"神父来给他涂圣油，他的脚由于病痛缩得厉害，他开导神父说："会找到的，就在腿的尽头。"有人敦促他赶快祈祷上帝，念临终经，他问："是谁去那边啊？"旁边一个人说："如果他老人家乐意，就是您啊。"他反驳说："我明天晚上才到那边呢。""您还是赶快念吧，这样很快就能到那边了。"他自言自语说："那看来最好还是我当他面的时候再念临终经吧。"

在纳森格王国，直到如今神父们的妻子都必须殉葬，被活埋以陪丈夫的尸骨。而其他嬬妇则在丈夫葬礼那天自焚。然而她们不仅很从容，而且很乐意这么做。当他们的国王去世后被火化时，无论是国王的妻妾嬖幸，还是他的近臣、仆从，都面露喜色地一起投身火海，将陪国王死视作无上的光荣。

在我们最近攻打米兰的战争中，由于得而复失、失而复得，米兰的平民百姓饱受战争折磨，不堪命运瞬息多变，不惜一死图个清静。我听父亲说，他自己就数过，一周之内就至少有二十五个家长都死于自尽。与这件事大同小异，希腊的克桑田城在被罗马人围困后，居民们男女老少只求速死——旁人无所不用其极的逃避死亡的方式都被他们用来逃避"活着"了。以至于罗马人尽了很大努力才算救回一少部分该城的居民。

一切信念都有足够的力量让人不惜以生命来维护。在米提亚战争中，希腊人坚守的英勇誓言的第一条就是：宁可牺牲生命，绝不可让波斯人的律法来代替他们的法律。而在土耳其人与希腊人的战争中，又有多少人宁可接受最残忍的死也不愿让洗礼来代替割礼？这个榜样，再也没有什么宗教可以比得上了。

卡斯蒂利亚[1]的国王们一直在驱逐犹太人，葡萄牙国王若

---

[1]　西班牙中部的传统名称，历史上曾经建立有卡斯蒂利亚王国。

望以每个人头八个埃居[1]的价钱答应暂时容纳他们。但是，过了时间期限后，所有人必须都离开葡萄牙到非洲去——国王届时会给他们筹备船只。期限一到，葡萄牙国王下令逾期不离境的犹太人要被罚做奴隶。不过，他答应给犹太人筹备的船只不仅数量很少，不够用，而且上船的犹太人又受到船员们粗暴无耻的虐待。其中一个虐待的办法就是船员们故意在海上绕来绕去，直到犹太人将所带食物用尽，不得不向他们高价购买。海上漂泊时间那么长，等他们到岸后，已经穷得只剩下内衣了。这种不人道的做法传到葡萄牙之后，剩下的犹太人中大部分都情愿做奴隶，其中一些还改变了宗教信仰。后来，艾马纽埃尔即位成为葡萄牙国王。他起初恢复犹太人的自由，后来改变主意，再次下令让他们限期离境，并指定三个港口作为他们上船的地方。据我们现代伟大的拉丁历史学家艾维斯可·奥索留斯所说：新国王把犹太人解放的恩惠也未能使他们皈依基督教，所以他希望通过让这些犹太人受一受海盗般船员的虐待——像他们以前的朋友那样，离开他们已经习惯并赖以发家致富的国土，到一个陌生、荒蛮的地方，种种磨难必将逼使他们回头。可是这次国王的计划失败了，犹太人个个争先恐后地要出发去登船。于是新国王又取消了两个之前已允诺的登船港口——这两个港口离得要近一些。他以为遥远、不便的登船旅程可以阻拦一些人。而且他还将犹太人聚集在一起以便于管理他们，好实施自己的计划。他下令将十四岁以下的孩子从他们的父母怀中抢走，转移到他们父母闻所未闻、见所未见的地方去教养，

---

[1] 法国古币名。

以使他们在我们的宗教教育下长大。据说这种做法的后果非常可怕：父母与儿女之间的天然之爱，犹太人对他们宗教历来已久的忠诚信仰，最终使他们决心冒死抵抗这项残暴的谕旨。许多父母自杀；更残酷的是——出于爱与怜悯，他们亲手将自己的孩子投入深井，只为避免这项法令。期限过了之后，那些剩下来的犹太人由于别无他法，宁愿恢复他们的奴隶身份。即使有少数犹太人开始信奉基督教，其忠诚度和他们对民族的忠诚度，至今恐怕也没有多少葡萄牙人敢确定，尽管时间和习惯比任何压力都更容易让人驯服。

在卡斯泰尔诺达里的宗教战争中，五十个信奉阿尔比教异端的教徒宁肯一起葬身火海也不愿改宗，其勇气当真令人回肠荡气。西塞罗不是说过吗？"何止将军，所有士兵莫不勇敢，万死不辞。"

我知心朋友中就有这么一位。他极其真诚地强求死亡——这真诚是由一些似是而非的理由种在他心中的，但是我又无法辩驳。当死亡第一次带着光环出现在他心中时，他就马上以无比渴望的热情投诸死亡的怀抱，所有人都觉得不可思议。

在我们这个时代也有很多以死亡作为开脱的例子。不仅是成人，甚至一些孩子，因为很小的挫折或者想不开就自寻死路。关于他们的死，一位古人引以为鉴说："如果连这些弱者赖以逃避人生的选择，我们也害怕，那还有什么不可怕？"至于那些在比较幸福的年代里，各种信仰、无论男女以及各种情境下的人们或是镇定地等死，或是自愿寻死，而且并非出于逃避人生苦恼，有些甚至只是厌倦了生活的富足，甚至希望在另一个地方更美满地结束生命，这些例子恐怕更是举不胜举。如果真要计算起来算个总数，那应该比怕死的人的总数还要多。

下面这个例子可以说是绝无仅有的：

希腊哲学家皮浪有一天乘船在海上。当时由于天气的原因，船颠簸得非常厉害，乘客们个个吓得大惊失色。哲学家将一头猪作为榜样指给所有惊慌失措的人——那头猪丝毫不为风浪所动，闲若无事。从这个讽刺的例子来看，难道我们所拥有的最强大的优势——理性，我们常常引以为自豪、赖其而成为万物之灵的理性——居然成了我们饱受折磨的烦恼么？如果会因此而变得更懦弱，那我们还认识世间万物干什么？没有超越动物的理性，我们还可以变得更平静、更安生呢！有了它我们甚至比皮浪的那头猪还焦虑！智慧本是造物主赐给我们以寻求最大幸福的，难道我们要用它来自戕，违背天理、违背万物求生的本能与普遍真理么？

"好嘛，您的道理适用于面对死亡。"有人会这么说，"但是您对于贫困又有何高见呢？对于痛苦呢？要知道许多前圣先哲都视它为最大的恶呢。那些口头上否认它的人，行为上还不是坦然承认。"

哲学家波塞多尼奥斯为一种奇痛难忍的病症所困，庞培来探望他时向他道歉——不该在这么一个不凑巧的时候来听他讲哲学。波塞多尼奥斯则回答说："如果疼痛能够战胜我、阻挠我讲哲学，上天都不会高兴！"他接着大讲对痛苦的蔑视——尽管疼痛并不因此而停止扮演自己的角色、继续折磨他。哲学家终于忍不住大叫起来："疼痛啊，你白费力气！我绝对不会承认你是恶的一种！"

这个人人称道的故事，对于蔑视痛苦究竟起了什么作用呢？它不过是在口头上胜利了一次。假如哲学家真的不为痛苦所动，那他为什么中止谈话而对疼痛大声呵斥？为什么觉得自己将疼痛不归于"恶"是一件很大的事呢？

这里所谈的不只是想象。我们可以想象例子的后续故事，但是里面所讲的痛苦则是千真万确的，我们的官能就可以判断出来的。

难道我们可以让皮肤相信鞭笞是在给它挠痒痒？芦荟汁是葡萄酒吗？皮浪的猪这时应该跟我们的反应是一样的。它的确是不怕死，但是如果有人揍它，它肯定会奔窜和号叫。普天之下，所有活着的东西都会因疼痛而颤抖，难道我们要挑战这一大自然的普遍规律吗？树木受到伤害似乎都会呻吟呢。

死亡只有通过语言才为人所知，而它的到来却只不过一瞬。

千千万万的动物与千千万万的人一样，宁肯死，却难以承受死的威胁。所以，我们之所以惧怕死亡，实乃因为我们惧怕死前所惯常遭受的痛苦。

与其相信神父的话，我更想说得更准确一点：死前所受折磨，死后凡事种种，皆不属于死亡本身。我们对死亡的解释其实并不对。我从经验中得知：正是由于受不了对死亡的想象，我们才更难以忍受痛苦；正是由于痛苦挟死亡以威胁，我们才倍觉痛苦加重。

理性不允许我们对一件倏忽而来、不可避免、毫无知觉的事物感到恐惧，所以我们才抓住痛苦这一更容易被原谅的借口。

所有痛苦如果只是疼痛而无其他危险，我们自然不会觉得它们有多么可怕。牙痛、风湿……无论人们如何抱怨，只要它们不会致人死命，谁会真正把它们当疾病呢？

从死亡上我们看到的实际上只是痛苦令人们恐惧而已。那么以此类推，贫穷也没有什么可怕之处，它只不过让我们遭受了饥、渴、寒、热以及失眠的痛苦罢了。

因此，我们还是只谈痛苦吧。我乐于同意这个看法：痛苦是我们的身体所最讨厌的恶。我应该是世界上最憎恶它，也最逃避它的人之一了。上帝保佑，我跟它还没有发生太大的关系。对于痛苦，即使不能完全消灭，也应该以耐心来减轻它的影响；即使身体无法摆脱它的折磨，那至少也应该保持灵魂和理性的平静。

如果不是这个道理，为何即使没有了痛苦作为目标之后，坚强、勇敢、力量、大度和果断还如此受人尊敬？如果无须睡硬地、穿着厚盔甲晒正午的烈日，吃马肉、驴肉，身负重伤，骨头缝儿里挑子弹，检查、火灸、缝伤口，我们与一般人还有什么不同？这些当然不是逃避疼痛和痛苦的行为，但是正如哲人所说："同为好事，苦痛多者最希有人为。"正因为此，我们才无论如何也无法说服我们的父辈们：真刀真枪的征战所带来的胜利不如安全环境下用心机和口舌得来的更珍贵。

除此之外，更能令我们感到安慰的是：正常情况下，越是剧烈的痛，越短暂；越是长久的痛，则越轻。你不会忍受很久，如果它超出了忍受范围，要么它去，要么你亡。其实二者是一回事。如果你忍受不了它，那它就将你带走。

痛苦之所以难忍，是因为我们还不习惯于索求最重要的灵魂满足，对痛苦预料得还不够充分。要知道，痛苦才是我们生活的唯一且至高无上的主宰。我们的身体千篇一律，而且只能依附于生命，所以也只能沿着一个方向前进。而灵魂的形式却千变万化，所有身体的感觉，不论事情的大小，全部都在灵魂的掌控中。所以我们更应该探索我们的灵魂，唤醒它无所不能的力量。无论什么样的理由，不管什么样的规定与力量，都无法阻止灵魂的意愿和选择。在它无所不能的所有力量中，我们只需要一个即可：适合内心的宁静与安全感。只有有了这一条，不仅冒犯与恶行无法伤害到我们，甚至它们还会变为"善"，给我们带来快乐与满足。

不难理解，使我们的痛苦与欲望变得更尖锐的，正是我们心灵的锋刃。动物的心灵未脱蒙昧，它们身体的所有自由与原始的感觉都只能付诸身体。所以各种动物的感觉都差不多相同，从它们相似的举动中就可以发现这一点。如果我们对于肢体的自由不加干涉，不用心灵来统摄，那么也许我们会更自由。因为大自然赐给我们的肢体以合理、恰当的品性，它们对于欲望与痛苦都有着适度的反应。每个人都是平等的，都不会超出正常的范围。然而，我们还是挣脱了肢体本能的规则，醉心于无边的自由与想象。既然这样，至少我们应该把自由与想象引到那令人快乐的一面。

柏拉图担心我们太过于关注痛苦与欲望——因为这将使灵魂太受束缚、过分依赖于身体。我认为恰恰相反：这样会使灵魂得到解脱，趋于平静。

正如敌人因为看到我们逃跑而变得愈加凶猛，痛苦看到我们在它面前颤抖也会变得更加骄横。而对与它相抗争的人，痛苦却很容易让步、投降。所以，我们应该反抗，坚决不退让。退让与逃避不仅于事无补，更会招来那一直威胁着我们的毁灭。肉体如此，灵魂亦如此。

让我们还是以例子来说吧，这样的例子对于像我这样腰骨软弱的人来讲，再也合适不过：痛苦之于我们，正如宝石对于镶嵌它们的饰叶——无论宝石的色泽是明、是暗，都是由饰叶衬托而成，不会超过它的那一点点范围。而痛苦，在我们身上亦不能超越我们划给它的范围。我们觉得医生的一针很痛，与在激战中的十处剑伤相比呢？生孩子的痛苦很大——医生与上帝都这样认为，因此我们还为此定下了很多仪式。然而对于许多国家来说，这根本就不值一提。且不说斯巴达妇女，单是我们步兵团里的瑞士女人，你就可以发现与我们的差别有多大。昨天还在肚子里的孩子，今天就已经背在背上——刚分娩的瑞士女人脚步还要跟上行军的丈夫。还有我们身边的那些苦命的埃及妇女，她们在孩子生下来之后都是自己为他们第一次洗澡，洗澡的地方就是离得最近的河流。我们的年轻女子们无论是怀孕还是分娩，总是需要躲起来——怕惊扰到别人。然而罗马人萨比努斯的妻子，那位美丽而高贵的女子，在没有任何帮助的情况下，独自一人生下一对双胞胎——没有呻吟一声。因为她不想打扰到别人。

有个单纯的斯巴达儿童偷了一只狐狸（关于盗窃，他们对因失败而遭羞辱的害怕尤甚于我们对于惩罚的恐惧），将其藏在自己的背心下面。为了不让别人看出来，这个孩子任由狐狸啃噬自己的肚皮，一声不吭，直到内脏都露出来。另一个斯巴达儿童焚香时不小心掉进袖子里一块燃着的木炭，为了不打扰祭祀的庄严肃穆，孩子没有发出任何声响，任由火炭一直烧到骨头。还有很多斯巴达孩子到七岁的时候，按照他们的教育方式，单纯为了试验他们的勇敢，很多孩子被鞭笞至死都不会皱一皱眉。西塞罗就亲眼看到过很多斯巴达孩子打成一团：他们拳打脚踢，甚至用嘴咬，但是直到昏厥也没有任何人承认被打败。

大家也都知道穆西乌斯的故事。他潜进敌营行刺对方首领，失败被捕后，为了换一种更奇怪的方式挽救自己的国家，向波色那国王——敌军的首领假装吐露真言。他不仅承认自己的刺杀计划，还告诉国王在自己的阵营里还有很多跟他不相上下的罗马人，也在计划同样的事情。为了证明自己是一个什么样的人，他要来一个火盆将自己的手臂放在上面烧，不仅不动声色，还目不转睛地盯着手臂看——直到国王被吓倒，命人移开火盆。

怎么？那位动手术的时候都不皱眉头继续看书的人，你不相信吗？他在承受酷刑折磨的时候依然谈笑风生，无视痛苦，因而激起刽子手更残酷的报复——把所会运用的手段全部施加在他身上。然而刽子手最终不得不承认自己的失败。这是一位哲学家。

恺撒的一名角斗士在被人用针试探伤口、用刀做手术时，始终都笑容不改。

女人在痛苦面前的英勇表现也有很多例子。巴黎的一个女子为了长出新鲜娇嫩的肌肤，不惜剥去自己的皮肤。有些女人为了让声音更温柔、深沉，或者是让牙齿排列得更整齐，不惜拔掉所有健康的牙齿。这种藐视痛苦的榜样数不胜数！只要能够增加一点自己的美貌，她们有什么做不到？有什么不敢做？

我甚至看到过有些女人为了让脸色看起来更苍白一些，会吞沙、吞灰以破坏自己的胃，简直无所不用其极。而为了有一副窈窕身材，什么折磨她们不肯忍受？捆绑、束缚……直到勒进肉里，以致肋下磨出老茧——有时为此都会丧命。

即使现在，许多国家的人为了证明自己所说的话真实可信会故意刺伤自己，这样的事情稀松平常。我们的国王就讲过几个他在波兰亲眼所见的这样的例子。从布洛瓦地区回来的时候，我就见过几个法国人模仿这种方式。而在皮卡迪地区，我亲眼见过一个女子：为了证明自己言而有信而且有始有终，她用锥子在自己的手臂上亲手扎了四五下。利刃插进皮肉的声音都清晰可闻，鲜血更是汩汩流淌。土耳其人为了向自己的情妇表忠心，会在身上挖去一块肉。而且为了永留痕迹，他们会随之立刻拿火烫那个伤口。烫的时间不可思议的长，以便止血，同时留下一个"可观"的伤疤。看到这种事的人会专门写信告诉我，并指天发誓。至于在那里发生的为了十文钱就不惜以刀割手臂、大腿的事，更是每天都有一两起。

我很高兴继续举这样的例子，因为身边这样的例子唾手可得。基督教给了我们充分的内容。由于圣徒的引导，许多人甘愿背负沉重的十字架来展现他们忠实的信仰。此外，从一个很可信的证人那里我们还得知：国王路易九世终身只穿粗布衣服，直到暮年神父令他脱去为止；每逢礼拜五，他一定会命令神父用五条小铁链鞭笞自己的肩膀——因此，他把这五条小铁链放在随身带的箱子里，不离身边。

我们吉野那最后那位公爵纪尧姆，也就是将爵位送给法国和英国的艾雷诺的父亲，生命中的最后十年，也许是十二年，都是在紧身硬衣的束缚下度过的。为了苦行赎罪，他将那紧身硬衣从不间断地穿在教袍下。安茹伯爵富尔克让两个仆从用绳子拴着脖子，一直走到耶路撒冷，只为在我们的救世主耶稣目前受鞭打以赎罪。直到今天，每个复活节前的礼拜五，我们不是依旧可以看到许多男女相互打到皮开肉绽吗？这样的情景我经常看到，但是并不喜欢。据他们说，这些人都戴着面具，有不少人是混进来拿报酬的——他们打别人是为了保证别人对宗教的忠诚。同样是肉体所遭受痛苦，虔诚者总比出于贪婪的那些人更疼一些吧。

古罗马的马西姆斯埋葬自己当执政官的儿子，加图埋葬自己做民政官的儿子，以及波洛斯几天内连续埋葬自己的两个儿子，他们都是谈笑风生，脸上丝毫没有送葬的神色。还有一个我曾经嘲笑过他"藐视上天正义"的人：他的三个已经长大的孩子在一天内暴毙，如此强烈的打击下，他居然简直是把死亡当成是上天的恩赐。我实在无法接受这种奇怪的性情。不过，我自己两三个尚在吃奶的孩子早夭后，即使遗憾，至少也没有哀伤。尽管人生中没有比丧子更能打击人的事故了。我遇到过很多让常人悲伤的事情，这些事情如果发生在我头上，我是不会有多大感受的。至于发生在我身上的一些事故，尽管我不把它们看在眼里，但是由于常人都已经将它们看得异常猛烈，我也就从不好意思在众人面前吹嘘。由此可见，悲痛并非出于本能，而是决定于我们的信念。

信念是一个强有力的因素，不仅让人勇敢，而且其内容无可衡量。

执政官卡东为了维持西班牙几个城市的治安，曾禁止那里的居民携带武器，结果就有很多人自杀——没有武器，这些彪悍的人就觉得无法存活！就在我们的所知范围内，还有多少人逃避家庭与朋友，放弃平静舒适的生活，甘心去荒无人烟的绝境冒险？有多少人情愿受世界的侮辱、贬斥与蔑视，根本无动于衷，甚至让人觉得他们矫揉造作？最近在米兰去世的波洛姆红衣主教，生于钟鸣鼎食之家，身边不乏声色犬马之流，其高贵，其财富，其青春年华，还有意大利宜人的气候，都不能阻止他离群索居去苦修。无论冬夏，他都是只穿一件教袍，一年四季也只是睡在稻草上。不仅如此，公务之余，仅有的闲暇时间他也都全部用来做研究，双膝跪地，书旁只有一杯水，一块面包——这就是他所有存粮，一年四季的餐食。另外，我还听说有人能够有分寸地面对妻子与别人通奸，并从中获取利益和升迁机会。而大多数人恐怕只要听到"绿帽子"这几个字都会被吓破胆。

视觉即使不是最必需的官能，至少也是最能给我们带来快乐的。但是我们器官之中最能让我们愉悦、最有用的恐怕要数生殖器官了。不过，有很多人因此而痛恨自己的生殖器官，必欲除之而后快——因爱而生恨，因其价值而将其毁灭。他们此举与重视眼睛的人挖掉自己双眼，没有多大区别。

大多数健康的普通人，无不以子嗣兴旺为大福分。我和有些人却相反，视无子女为福分。有人问希腊哲学家泰利斯为什么不结婚，哲学家回答说他"不想有后代"。

事物的价值恰恰是我们的意识所给予它们的，这个道理不难明白：许多事物我们不仅看它们本身的价值，还要看它们对于我们有何价值；我们既不看它们的品质，也不看它们的用途，却只注意到我们得到它们时所付出的代价——似乎这也是它们本质的一部分。所以说，我们之所谓事物的价值，并非它们所带给我们多少，而是我们所强加给它们多少。从这点上来看，我们真是会精打细算的人，赌注从来不会押错。押注多少，东西就是值多少。成色向来只押给钻石，艰辛押给德行，痛苦相对笃信，苦涩相对医药。

有人想变穷，就把金钱全部扔进海里。结果引来很多人在海上到处打捞，希求发一笔财。伊壁鸠鲁认为富有并不能让人变轻松，只是改变纠结的方式罢了。实际上，让人产生贪婪之心的，还真不是匮乏，却是富足。关于这个主题，我要说说自己的亲身体验。

自懂事以来，我曾经有过三种生活境况：

第一个时期差不多持续了二十年。我的生活飘忽不定，没有规划，也没有稳当进项，全靠朋友的安排和救济。听天由命、自由散漫的生活让我花钱如流水，从来没有那么畅快淋漓过。朋友们对我的要求也是有求必应，从未有朋友不肯借给我钱。我也把按期还债看得比什么都重要。不过他们见我为了还债想尽了所有办法，也就将还钱的期限一拖再拖。所以我当时的忠实当中还是有几丝水分，掺杂着一点狡黠。还债能够让我感到一种快慰，双肩如释重负，心中也去掉不少厌烦，仿佛摆脱了被奴役一般。而且，做正事和满足他人的行为确实让我感到种种满足。不过，对于那些还需要讨价还价和精打细算的偿还，则是另当别论。对于这样的偿还，如果找不到人替我代办，我会能躲就躲，能拖就拖，尽管倍感羞愧与侮辱。因为我的性格和说话方式跟这种吵架实在是不相容。没有什么比讨价还价更让我憎恨的了。那完全是一种既费时力又厚颜无耻的交易：一个多钟头的争辩与吵闹，双方都忘记自己的诺言，只不过为了几分钱的利益而已。这样一来，我借钱也就遇到些不便。因为我实在没有勇气当场开口借钱，所以往往为了省心省力就借用纸笔。纸笔却更容易被拒绝。不过无论如何，即使将日用所需托付给星宿和运气，也总比托付给保护人以及之后我自己的量入为出自由、爽快多了。

大多数善于持家理财的人都觉得不稳定的生活非常可怕，可是他们没有想到：首先，世界上大多数人就是如此生活的。多少正直人士都视安稳如敝屣，情愿去追求国王和命运的垂青！恺撒曾欠债百万金币，高出其身价不知多少倍，但正因为此也成就了恺撒！又有多少成功的商人宁肯卖掉田产，换成本金去印度做生意。而在这个信仰没落的时代，还有成千上万的修道院，他们无所依赖，只能靠上帝的恩赐来解决每天的晚餐。尽管如此，他们依然活得很惬意。

其次，他们所不知道的是：他们赖以生存的稳定，其本身也不比偶然与运气可靠多少。我自己就发现：即使拥有两千埃居的收入，贫困对我还是如影随形。因为命运在我们的财富上可以打成百上千个孔，通向贫穷绝非难事。而最好与最坏的"运气"之间没有什么办法可以阻隔。

不仅如此，我们做出的任何的防御措施，任何的拦阻手段，对于这些"孔"都毫无作用。由于种种原因，与身无分文的穷人相比，腰缠万贯的富人也同样摆脱不了贫困。如果只是纯粹的缺钱，倒也还简单，拥有财富却过得困难就让人更加受不了。财富更多地归功于好的管理，而不是更多的收入。"创造财富人皆能之，管理之才却非人皆有之"。在我看来，一个人拥有财富，但是却过得捉襟见肘、身不由己、忙忙碌碌，这比一个单纯的穷人更不幸。

最高贵、最富有的国王却往往会极度缺钱、缺粮。因为，若非如此极端的需求，怎会让他们变成暴君、变成掠夺臣民财富的强盗呢？

我的第二种生活境况是：有钱。由于坚持不懈地努力，就我的地位而言，我没用多久便存了一笔很可观的财富。因为我认为，所谓的财富就是超出了自己日常用度的钱。而那些尚未进账的钱，不管其将来是多么肯定，也是不能算数的。为什么呢？因为万一遇到不测事件怎么办？不管这些想象是如何的缥缈或者危险，我还是预留了足够多的日常开支以外的钱，以得心应手地应对不期而来的额外花费。积累财富的同时，我还具备了说服别人的能力——至少是一部分人。他们总是试图劝服我：不期而遇的事情太多，防不胜防，不如不防。这可不是一件省心的事儿。所以，在这件事上，我还是有一个秘密的：我这个人从来都敢坦白地说自己的事，但是在钱上从不说真话。这就像那些装穷的富人、扮富的穷人一样，总是在到底有多少钱这个问题上不能让良心安生。多么可笑、可耻的谨慎啊！

去旅行吗？我总是觉得事先准备得不足：带的钱越多，就越担心。有时担心路上的安全，有时不放心那些给我搬运行李的人——跟那些我认识的人一样，只要搬运工不在眼前就不得安生。把贵重的东西留在家里？更是怀疑、多心……多少烦人的想法会因此而生啊，更何况这些想法还不能告诉别人！我总是免不了要想这些。

总之，管钱比赚钱更辛苦。尽管我不曾全部体会过我所说的这些苦差事，但是为了避免它们的发生，也着实费了不少脑筋。在保管钱这件事上，我没有体会过多少惬意，甚至一点都没有。然而，多一些花钱的途径，却也是让我要命似的心疼。因为正如比翁所说：拔一个浓发的人的头发，与拔一个秃头的头发是同样的后果——对方都会勃然大怒。一旦习惯了自己的财富，而且还把所有的心思全用在财富上面，财富也就不再听人使唤了，因为你再也不敢花钱。这时的财富就像一座大厦，仿佛摇摇欲坠，只要碰一下就会倒塌。不到万不得已，火烧眉毛的时候，都不敢动用手中的财富。

以前没钱的时候，我就是当猎犬、卖骏马都没有像现在从钱包里掏出一个子儿的时候这么犹豫、纠结过。然而危险在于我们无法为欲望设定标准（因为我们总觉得自己做的事情都有道理），也无法为节俭确立界限。因此，人们总是不断地扩大财富，将数字增大再增大，直到完全体会不到自己的财富所带来的乐趣，使用一切手段只为保管财富，而不是使用。

按照这种使用财富的方式，那恐怕世界上最富有的人倒是那些守城门、看城墙的人了。所以，我认为有钱人都吝啬。

柏拉图对于人们所拥有的一切，按照重要性是如下排列的：健康、美貌、力量、财富。财富排在最末尾。他还认为财富并非是盲目的，相反，在智慧之光的照耀下，财富是非常明智的。

小狄奥尼索斯在这方面就很大度。有人向他报告说，他的一个锡拉库萨人手下在地下藏了一笔财宝。他命这个锡拉库萨人将那笔财宝带过来。对方只好照做，但是自己偷偷留了一部分，而且携带这些钱到了另一个城市，过上了逍遥自在的生活，攒钱的爱好也没有了。小狄奥尼索斯听闻此事，不仅没有怪罪对方，还将自己手头的那部分财宝也给了对方，还说既然对方知道了如何使用钱财，他也就乐得物归原主。

不过，我的这第二种境况只持续了数年。因为不知道是哪位神灵大发善心，将我从这种状态中解救了出来，像那个锡拉库萨人一样，我开始随心所欲地花费起来。开销巨大的旅行所带来的快乐让我忘掉了先前那些担心和疑虑。从此我进入了第三种生活方式（我说的是我自己的感受），更快乐，更有节制。也就是说我的开支和收入开始平衡，时而开支大于收入，时而收入大于开支，但是总体上二者再也不相互绝缘。我得过且过，过一天算一天，手中的钱只要能够满足当下的、日常的开支就很开心。至于那些意料之外的事情，即使是全世界应急的钱也是不够用的。等待积累足够的财富可以将我们充分武装起来以跟它斗，这是非常愚蠢的想法。我们必须自己将自己武装起来，因为意外总是会在关键时刻将我们出卖。如果我存钱，那也只是为了接下来将它花掉，不会为了买地——买了又有何用？除非是为了买快乐。虽说"不贪财就是财富，不购物就是收入"，但是我既不担心破产，也无意增加财富。因此我特别庆幸自己在这个很容易偏向吝啬的年纪，能够改掉这个老年人存钱不花的毛病——这一所有人类行为中最滑稽的愚蠢。

斐洛莱经历过我提到的前两种生活境况，最终发现财富的增加并不是意味着各种欲望的增加——吃、喝、睡、拥抱老婆等等。相反，他感觉到了肩上不堪忍受的重任——这种感觉跟我先前一样。于是，他决定满足一个贫穷的年轻人——也是他的忠实朋友的愿望。这个年轻人正对财富孜孜以求。于是他将自己所有的财富、所有的进项，以及平时从领主西律斯那里领来的日常馈赠、从战争中获得的战利品等全部交给了这位朋友。条件是：维持他体面的日常生活，负责他的开销，而且由始而终地待他如上宾、挚友。从此他们都过上了非常幸福的生活，彼此都对这种生活的变化感到满意。这个办法我也很想勇敢地尝试一下。

在这方面，我也由衷地佩服一位老主教的做法。他非常彻底地放弃对财富、收入、支出的关注，有时把这些事情交给一个仆人，有时是另一个。就这样过了很多年自在的生活，完全不知道自己的家务事的具体情况，就像个外人一样。对别人的善良的信任，也是自己善良的表现。为万众所爱的上帝自然也会乐见其成。关于这位老主教的做法，我觉得没有人比他更善于持家，更合乎尊严，更合乎情理。他是如此幸福：不仅可以有条不紊地满足自己的需要，收支平衡且无须惦念；而且无论是财富的开销与积聚都不会影响到他所从事的其他活动——更适合自己、更安宁、更从心所欲地活动。

富裕与贫穷全在于个人的态度。不仅财富如此，荣誉与健康所带来的美好与欢愉也全在于拥有者的看法。顺境、逆境在乎一念，快乐与否也在个人，而非别人的看法。正是在这点上，信仰才给予真知与真理。

财富对我们既不善，亦不恶，它只是提供给我们原料与种子。拥有这些原料和种子，我们的灵魂才更强大，才可以随心所欲地改变和使用它。幸与不幸，只有灵魂才是唯一的"因"，也是唯一的"主"。

外部因素呈现的实际上是内部组织的味道与颜色，恰如衣服保暖并非出于它们会提供热量——热量来源于我们自己，它们只是保存与维护热量而已。给冰冷的身体包裹上衣服，身体所能得到的依然只是冰冷。雪与冰就是这样保存的。

同样的道理，学习之于懒人无异于酷刑，戒酒之于酒鬼不亚于拷打，勤俭节约之于纨绔子弟无外乎摧残折磨，体育锻炼之于虚弱散漫的人就是赶鸭子上架，如此情况举不胜举。事物本身并不是如此让人痛苦难受，也非多么复杂苦难，而是我们自己的脆弱和懒散将它们变成了另一副模样。判断伟大和高尚的事物，自然就需要一颗同样伟大、高尚的灵魂。如果我们在它们身上找到了"恶"，那实际上是我们将自己的"恶"强加于它们身上。船桨虽直，入水似弯。重要的不仅是如何看到事物，而且是我们如何看待事物。

劝说人们藐视死亡、承受痛苦的长篇大论各有千秋，为什么我们找不到任何一种针对我们自己的？各种丰富的说服别人的想法之中，为什么每个人找不到最适合他自己的？猛药虽可根除病症，但是难于吞服，然而至少可以少吃一些以减缓病痛。关键在于自己如何控制自己。

即使我们夸大痛苦的指数与人性的弱点，也不可能推翻、无视哲学的规范，因为我们逼迫哲学做出了如下无法辩驳的反驳："如果生活于必然之中是一种恶，那么至少生活于必然之中不是一种必然。"

没有人会不犯错却长久地不幸。

或能够忍受死的痛苦，或可以抗拒生的折磨——一个人若没有一颗这样的心，既不想抗拒，又不想逃避，那别人还能对之奈何？

论恐惧

　　我不是一个优秀的自然科学家（如他们所说），也不知道恐惧到底如何在我们的体内开动、运转。但是恐惧的确是一种奇异的感觉，据医生所说，它还与其他感觉完全不一样——非常容易干扰我们的理性判断。我的确见过很多人由于恐惧而变得失去理智，即使对于最沉着清醒的头脑，只要恐惧存在也依然会引起可怕的昏迷。更不用说那些俗人，对于他们来讲，恐惧有时是裹尸布中他们的先人从坟墓中出来，有时是狼人，有时是鬼魅精怪。即使是士兵们——这一按道理来说恐惧没有多大生存空间的群体，还不是由于恐惧而把羊群当成身披铠甲的骑兵，把芦苇当作武士和投枪手，把朋友当敌人，把白十字架当红十字架？

　　波旁先生在攻克罗马的时候，敌方一个在圣·皮埃尔镇站岗的旗手被第一声警报就吓破了胆。由于太恐惧，居然拖着旗从一个荒废的城墙洞里向外飞奔——他当成是向城内跑呢！直到看见波旁先生的军队误以为城内敌人出击集结起来准备抵挡他的时候，这家伙才惊醒过来，赶紧转身往回跑，又从那个墙洞里逃了回去。这时他才发觉自己刚才已经跑出城三百多步了……于勒队长的旗手就没有那么好的运气了。当我们的布勒斯侯爵与杜勒先生攻克圣-保罗的时候，他的一个旗手由于恐惧，居然从城墙的炮眼里跳出城外，直到被进攻的部队斩为肉泥。同样是在这场战争中，还有一位贵族让人无法忘记：恐惧将他的心牢牢抓住，并且冰冻，尽管没有一点伤痕，他却活生生地被吓死在地上……

恐怖有时也可以感染整个群体。罗马名将日耳曼尼库斯在与德国人频繁的战斗中，有一次两大队士兵狭路相逢居然都朝着对方刚开始列阵的方向逃奔。

恐怖有时可以给脚安上翅膀，如上述的两个例子；有时却能将脚钉在地上，并锁住，比如罗马皇帝提欧菲利。在与敌人的一次战斗中吃了败仗后，这位皇帝居然被惊吓到僵硬地一动不动，不知道逃跑。直到手下的主要将领之一马努艾拉将他摇醒，拖着他说："不跟我来，我就杀了你！死了也总比做俘虏把帝国丢了强！"

最能显示出恐惧的力量的，是它有时候反而可以让人变得顽强——连我们的天职与荣誉感都很难做到的顽强。罗马人在执政官桑普罗纽斯的率领下与汉尼拔的战争中由于再次被打败，一万多名步兵由于恐惧而慌乱，找不到逃跑的路，无法释放内心的恐惧感，最终居然不得不冲向敌人，顽强地拼杀之后给予迦太基军队以重创。就这样，一次可耻的逃跑最后居然转化为一场光荣的胜利。从这里我感到了比恐惧本身还可怕的恐惧。

恐惧，比其他一切意外事件都更难让人忍受。

庞培的一些朋友们曾目睹他被埃及人血腥杀害。当时的他们就跟他在同一条船上。世间还有哪种情感比当时他们的感受更直接、更清楚、更悲愤？可是面对渐渐逼近的埃及船，恐惧感让他们无暇顾及自己的感受，只是一个劲儿的催促船夫划桨，逃命要紧。一直到了提尔，恐惧感被消除了，他们才开始释放那被恐惧阻塞的悲怆的情感，悲叹与泪水如决堤河水。

战场上的伤兵即使还鲜血淋淋，第二天依然可以重新上阵拼杀；然而怯战畏敌的人，你就是让他朝着敌人看一眼都做不到。那些因为害怕被没收财产、被放逐、被征服的人由于恐惧而不吃、不喝、不睡；而那些穷人、奴役、被流放的人反而跟别人一样开心地活着。那么多的人因为受不了极端的恐惧而投河、自缢、跳崖。他们的死告诉我们：恐惧比死亡更令人烦恼，让人难以忍受。

希腊人认为还有一种我们没有提到的恐惧，那就是没有明显原因的恐惧，也就是来自上天的恐惧。人群或者军队由于莫名的原因一下子全部被恐惧所笼罩。比如把迦太基城毁于一旦的原因就是一种莫名的恐惧。当时城里到处是令人恐惧的哭号、喊叫，居民们像听到警报似的，一个个冲出自己的家，相互撕扯、践踏、残杀，其惨烈程度跟被敌人攻占而后血洗一样。全城失控，陷于疯狂，直到最后用祈祷和祭祀才平息了神的愤怒。他们称这种恐惧为"恐慌"。

如何面对死亡

西塞罗说讨论哲学无非就是准备好死亡而已。这是从研究与冥思中得出的结论，并非是要超脱身体、只研究灵魂。哲学就是从死亡中学习，是对死亡的研究。人类所有的智慧与语言最终都会教我们如何看待死亡，如何毫无畏惧地面对死亡。不过，事实上，要么是理智不屑于面对死亡，要么是理智更喜欢讨好我们，就连《圣经》也承认人类的理智几乎所有迷人的功能都是如何让我们更好地活着，更舒服、更自在地活着。这也是所有人的观点吧，快乐才是生活之本！为了快乐我们用尽一切办法，而所有让我们不快乐的事物，我们都会想办法赶走、驱除。这个不难理解。谁听说过有什么东西，它的存在价值是让我们不快乐？

然而我们每个人生命最后的终点，都是死亡，无一例外，无法逃避。如果我们畏惧死亡这个终点，那么每向前一小步，又怎能不感到惶恐不安？普通人面对这个问题的对策是不去想它。然而如此掩耳盗铃式的自我欺骗算什么高明呢？这就跟驴尾巴上套笼头赶路一样的蠢。

因此普通人面对死亡这个问题时掉入陷阱，根本算不了什么大事。无须说真正的死亡，哪怕是提一提这两个字，人们都会心有余悸，大部分人甚至如同听到魔鬼的名字一样，会不由自主地画十字。生活中立遗嘱是需要提及死亡的，于是只要医生没有下最后的判决，普通人你是无法指望他会先去写遗嘱的。而真正当他们陷于绝望的痛苦和极度的恐惧中时，天晓得他又会整出来一个什么样的遗嘱！想想他那时候的判断力吧。

由于"死"这个音太刺耳，"死"这个字太不吉利，罗马人学会用委婉或者隐晦的方式来表达这个意思。比如，他们不说"他死了"，而会说"他停止了活着"或者"他活过了"。只要是"活"，哪怕是过去时，人们也大可聊以自慰。我们从他们那里也学会了这一招，比如说"先哲"，而不说"死者"。

俗话中有"大限值千金"说法。按照现行的历法来计算，一年从1月份开始，那我算是1533年2月的最后一天11点到12点之间出生的，三十九岁才刚过半个月。以后我还能活至少这么长时间吧。现在就为死亡——那么遥远的事情操心，是不是有点疯狂？疯狂？我可不这么认为。年轻人与老年人死亡的条件没什么两样，所有人出生和死亡时也没有什么区别。也许，按照寿命的期望值，不管是谁，无论老弱，面对大寿星玛土撒拉，都会以为自己最少也还可以活上个二十年。然而，可怜的傻瓜，谁给你制定的生命期限？你也许是从医生那里听来的。不过，还是看看事实和经验吧。按照事物的常理，你能活到现在，已经是上天厚爱了。你早已经超过了常人的寿命。如果对此有所怀疑，你可以数一数所认识的人。他们当中有多少尚未到你的年龄就已经去世，去世的人比活到你这个年龄的人多多少。即使那些活着时声名显赫的人，你也可以列一个名单来数一数，我敢打赌，他们当中活不到三十五岁的要比超过三十五岁的多。即使以仁爱之心远播人世的耶稣基督，他辞世时也不过三十三岁。凡人中最伟大的人物亚历山大去世时，也是相同的年龄。

死亡突然来临的方式有多少种？没有人知道，也无人能够充分预防。

我对面临死亡时候的惊慌与哭泣从来不屑。谁能料到死亡何时、以哪种方式来临？谁能想到布列塔尼的公爵会被踩死，国王会在娱乐时从马背上摔下来摔死，而这个国王的祖先还有一个是被野猪意外拱死？

"没什么要紧，"您会说，"只要不那么难受，死亡该怎么来就怎么来吧。"我同意这个观点。不管什么方式，只要能够避免重大伤害，哪怕是让我钻到小牛肚子里我也不会退缩——安全舒适要紧。只要是最佳的办法，我就会毫不犹豫地采取。尽管在你们眼里这实在不光彩，更不值得效仿。

然而，若以为这样便可以躲避死亡来临的任何方式，那就大错特错了。

尘世中的人们熙熙攘攘，你来我往，甚至快乐舞蹈，浅吟低唱，死亡的迹象似乎一点都没有踪迹，一切都那么美好。然而有朝一日死亡毫无征兆，突然来临，或是落到人们自己头上，或是光顾他们的妻儿老小、亲朋好友，这时人们又是怎样的悲痛欲绝、恸哭哀号？您可曾料到他们会如此失魂落魄，如此惊慌失态？对于这种事情，应该提前预料到。那种动物般的茫然失措竟然会出现在一个很理智的人身上（我本以为完全不可能）——死亡让我们付出的代价也太大了。如果死亡这个敌人可以躲避得了，那我会建议人们使用懦弱这个武器。然而死亡无从逃避，无论你是逃兵、懦夫还是勇士，它都会将你抓住。任何金盔银甲对它来说都无用。

还是让我们坚定地站直恭候死神并与它做斗争吧。为了一开始就不让它威风凛凛地凌驾于我们之上，那就应该采取与普通人不一样的方式。我们要摘除它那神秘的面具，常常与它正面相对，让自己习惯它的存在。我们可以随时想象各种死亡的情景：马失前蹄时被摔死，屋瓦掉下来时被砸死，一不小心被刺扎死……于是我们会突然转而思考这个问题："那么，我会以什么样的方式死去呢？"这样，我们就可以坚强起来，自己鼓励自己勇敢地面对死亡。无论是节日，还是欢庆，让我们记住自身的身体状况，不要耽于享乐而忘乎所以。我们要提醒自己：忘乎所以的时候可能成为死神的目标，它专门以各种方式来抑制我们的快乐。埃及人就是这样做的。他们即使在大享美酒佳肴、高朋满座的时候，也不忘抬出一副骷髅，以此来警醒所有人：死亡随时会来临，因此更要珍惜今天。

既然不知道死神在哪里等候我们，那就随处等候他吧。对死亡的提前思考也就是对自由的预先设想。谁学会了死亡，谁就学会了不被奴役。领悟了死亡并非坏事，也就领悟了人生并无坏事。理解了死亡，也就摆脱了人生一切的束缚与烦恼。

想象的力量

"强劲的想象催生事实。"学者们如此说。

我属于那种能够感受到想象的威力的人。每个人都会被想象力所激发，但是有些人却会被想象力击倒。想象力能够深入我心，但是我的策略是避开它——因为缺乏与它对抗的力量。我只能跟健康、快乐的人生活在一起。看到别人愁苦，我自己也会受不了。那种感觉根本就不是一个陌生人所应该拥有的。看见别人不停地咳嗽我自己的喉咙就会发痒，肺部也会跟着起伏。有些病人我不得不探访，因为职责使然；另一些病人本不必太留意与关心。然而第一种病人我却不太乐意去看。我染上了自己所研究的想象病，还将病保留到了体内。对于想象可以将发烧和死亡带给放纵、热爱想象的人，我并不觉得新奇。

西蒙·多玛是他那个时代的名医。我记得有一天，他在图卢兹一个年老的富翁家里为他治疗肺病。当时遇到他，他正在给病人讲这个病的治疗方法。他说方法之一就是让我留下来陪伴病人。因为当病人能够看着我这鲜嫩的脸庞，想着我的青春活力，也就会沾染上我蓬勃的生命力，病也就自然痊愈了。但是医生忘了说：我的健康因此会受损。

贾吕思曾经非常理智地来了解疯狂的本质和表现方式，结果疯狂还是带走了他的判断力。他不能摆脱疯狂，只好自夸说是智慧让他疯狂。有人因为恐惧竟然提前碰到了刽子手的手，还有人因为幻想到了结局而在听到赦免书的时候却僵死在断头台上。我们激动、颤抖、紧张、脸红……这一切都是因为想象力在作怪。它甚至能让我们摔倒在羽绒床上，躯体因紧张而抽搐，甚至死亡。而血气方刚的年轻人在睡梦中靠想象便能自我满足心中的爱欲。

想象的威力之大，有时到了让人匪夷所思的地步。上床时还没有动静，睡觉的时候竟然长出来一对角来——意大利的西博思王可算是让人难忘了。当时他白天兴致勃勃地看斗牛，晚上一直想象着自己能长出角来，结果就真的将想象变成了事实。冲动激发想象，居然能将克罗索斯天生聋哑的儿子逼得说出了话。安提奥索思发烧则是因为斯特拉多尼丝的美貌那么强烈地印在了他的心中，他禁不住地想象。普利尼说他看到吕西奥斯在婚礼那天由女人变成了男人。朋塔努斯和别的一些人说在过去的几个世纪里，意大利还发生过许多类似的荒唐事。

在经过维特利的时候，我遇到索瓦松的主教。他曾给一个叫日耳曼的男人取过名字。那里的居民一直看着这个人到二十二岁的时候还是个女孩儿，原名叫玛丽。我看到他的时候，他已经是一个满脸胡须的老人，一直未婚。他说他有一次在跳跃的时候用了点力，结果男性生殖器就掉了出来。自从他的事发生之后，当地的女孩儿们之间就流传着一首歌，歌的内容是劝诫女孩万不可步子迈得太大，以防像玛丽·日耳曼一样突然变成男人。诸如此类的怪事常常发生并不是什么奇迹：如果想象力能够作用于这些事情，持久且强劲地施以影响，那么一次次地防止想象力带来的怪诞想法和强烈欲望，还不如像日耳曼那样一次性地将男人的生殖器官出现在女孩身上。

有人把达哥贝尔国王和圣弗朗索瓦的疤痕也归因于想象的力量。据说有时躯体都可以在想象力的影响下脱离人的意识。塞尔索思就曾经提到过一个教士——他可以将灵魂升华，从而能够脱离躯体。当灵魂脱离躯体的时候，这名教士的躯体完全没有呼吸也没有知觉。圣奥古斯丁也举了类似的一个例子：有个人一听到悲惨的哀号就会立刻晕过去，失去意识，任由人们在他耳边怒骂、呼叫、刺他、烫他，他都不会有任何反应——除非他自己醒过来。而醒过来时他会告诉别人他听到了一些声音，但是似乎来自远方，同时他也开始感到刺痛和烫伤。这并不是因为他用强大的忍耐力来克制自己的反应——因为他那时候身体根本没有脉搏，也没有呼吸。

基本上，异象、幻觉、奇迹等所有非常的现象皆来自于想象的威力，尤其是针对那些更脆弱的普通民众。由于有人很好地取得了他们的信任，他们就以为自己看到了根本看不到的东西。

我一直有所怀疑，那些大众津津乐道的交合趣事、房中魔咒什么的，就是出于担心与恐惧。我曾经亲身经历过一桩这样的事情。我认识的一个人（我像信任自己一样信任他）既没有身体上的问题，也不可能中邪，但是他听朋友讲过一次奇怪的"失败"经历——在最不应该"失败"的时候给遇上了。于是他自己也染上了这个"病"，朋友的故事刺激了他的想象力，将他彻底吓住了。从此失败的回忆变成了他的一个心理包袱，或者一个身体缺陷，时刻啃噬着他的心，挟持着他的身体。后来他终于找到了"药"——利用另一种假象来治疗这个心理魔障。那便是承认并宣布自己患有某种身体上的疾病：既然疾病是再正常不过的事，紧张的精神也就松弛了下来，而强迫症也便不再困扰他。当他的思想解除了束缚，身体也有这个需要的时候，第一次尝试、努力后，在伴侣的惊喜中，他终于成功了——从此这个病也就痊愈了。

只要能够做到一次，就再也不会做不到，除非是真的身体衰弱。

这种不幸只有在我们的思想因欲望或者恐惧而过于紧张的时候才会影响到我们，尤其是当环境没有预料到，而气氛又非常紧迫的时候。这时候谁也没有办法来摆脱困境。我知道有人由于看到一个准备好的女人躯体而熄灭了欲火，也有人看到后尽管年龄尚可但也是心有余而力不足。还有一个人，他的朋友凭一套解除咒语的荒唐措施便将他保护好了——最好我还是把这件事的来龙去脉讲一讲吧。

一个享有很高地位的伯爵，也是我私交很好的朋友，正在与一位美丽的女士举行婚礼。而女士曾经被婚礼现场的一位客人追求过。这样他的朋友们，尤其是那位为他们主持婚礼的年老的夫人都为他感到担心。婚礼就在这位夫人家里举行。所以她尤其担心伯爵会中那些"魔咒"，还将她的疑虑告诉了我。我让她将这件事交给我处理。碰巧我的箱子中有一个小金币，上面刻着几个天使的像。这个金币如果放在头上的伤疤处，就可以防止中暑，还可以解除头痛。为了把它固定住，还可以从下巴下面系一条带子。这不过是一个跟我们正在讨论的幻术差不多的东西。这件别致的礼物是雅克·佩雷迪埃住在我家的时候送给我的。现在我想从它身上发现点新用处，于是就对伯爵说他可能会跟其他人一样走厄运——因为在座的人当中有人想咒他。但是他可以放心大胆地去睡觉，因为作为朋友我不会袖手旁观，甚至如有必要不惜为他举行一次力所能及的法术——只要他能够发誓为我保守秘密。只要他感觉不对劲，晚上送夜宵的时候就可以给我一个手势。想象力带给他的麻烦，使他的心情特别紧张，耳朵自然也听得进随便什么话。约定的时间到了，他果然给我做手势。我也就又教了他一些咒语，还交代给他一些细节……事实证明，我的这些小伎俩居然非常有效。他们夫妇很平稳地度过了那一夜，自然以后也再没有什么巫术的危害。

埃及王雅赫摩斯娶了美丽的希腊女孩洛蒂斯为妻。他对她千般温柔，万般体贴，但就是不能同床。因此他竟然要杀了她，认为自己是中了什么巫术。这不过是一种臆想，妻子建议他虔诚地求助于宗教。他在维纳斯女神面前虔诚祷告，并发下重誓。献祭后他的"巫术病"果然不治而愈了。

论习惯

谁首先意识到习惯到底有多大的力量？我认为是一个村姑。她自从自己的小牛一出生就习惯了将其抱在怀中抚摸。此后这个习惯一直保持到小牛长大。因此，她力大无比，不管多大的牛她都能轻而易举地抱起来。由此可见习惯的力量是多么神奇。

柏拉图曾经严厉斥责过一个在游戏中耍小聪明的孩子——这种游戏也有害无益。孩子反驳说："这么点儿小事儿你都骂我！"柏拉图正色说："习惯，可不是小事儿。"

我认为我们最大的恶习都是从小养成的，而最重要的管理权也是掌握在母亲手中。有的母亲以孩子杀鸡伤狗为乐事，不知其害。而一位父亲也是愚蠢之极。他看见儿子无理大骂手无寸铁的农民或仆从，居然会认为这是尚武精神的开端；看见儿子恶意地以狡猾手段捉弄同伴，竟然归因为孩子的聪明机智。殊不知，这样的习惯已经种下了残忍、专横和背叛的种子。它们在习惯中发芽、生长，直至成为祸患。以年龄小、事情不大为借口来为孩子的过错开脱，这是非常危险的教育方式。

首先，习惯是天性的外露，天性的声音。这声音正因其尖细清纯，而更见其尖利响亮。其次，欺骗的丑恶性并不存在类似金币与别针的区别，欺骗本身就是丑恶。我认为正确的结论应该是这样：既然在别针上进行欺骗，为什么在金币上就不会？而无知的家长们却会说："只是在别针上骗一骗而已了，在金币上还是不会那样做的。"事实上，第一个结论要比家长的话正确许多。教育孩子就应该让其从恶习的本质上去憎恶恶习，让他们明白恶习天然就是丑陋的，远离恶习不仅仅是行动上的，更应该是心理上的——不管恶习披上什么样的外衣，只要心里一想到恶习就应该十分反感。

我自己从小就被培养走正道，非常厌恶游戏时作弊和耍小聪明。（须知，孩子们的游戏并不是单纯的娱乐，而应该视其为他们最认真的活动，而加以引导评论。）因此，无论是什么微小的活动我都会认真对待，极其厌恶欺骗。无论是打牌还是玩球，不管是与朋友在一起，还是与妻子、女儿玩游戏，都非常投入，从不敷衍，更不会弄虚作假。这已经成为习惯，无须刻意地做作。

论学究气

我从小在看意大利戏剧的时候就特别讨厌里边总是出现的一个老卖弄学问的人，其外号是"学究"。因为除了羡慕他们，我还能做什么呢？他们总是口若悬河，高谈阔论，而且还出口成章。然而后来我却对他们没有任何尊敬，也不觉得他们有什么荣耀。

我们会说："西塞罗是这么说的，柏拉图如此认为，亚里士多德说过……"然而我们自己的呢？我们说了些什么？我们做了些什么？我们有什么样的判断？鹦鹉学舌，不足挂齿。靠别人的思想卖弄学问的人让我想起罗马的一个富翁。这个富翁大散其财网罗来一大批饱学之士，让他们随时陪伴。因此在跟朋友一起的时候，一旦谈起什么问题，他就可以让这些人替代他：各人根据自己的特长，随时给他提供材料，这个给他一段发言稿，那个告诉他荷马的某一篇诗歌。富翁认为学问装在他手下人的大脑里，也就变成自己的了。

跟他其实没有什么两样——有些人的学识也只是寄生在他们那豪华的书房中。

我认识这么一个人：当我问他都懂什么的时候，他就向我要一本书，从书上指给我他所懂的东西。即使一个简单问题，没有书他也不敢说。甚至如果他不能及时从书本中查出什么是痔疮，什么是屁股，他就不敢跟我说他屁股上长了痔疮。

我们总是满足于小心翼翼地从别人那里得到观点和学识。然而这还不够，更重要的是：必须把这些观点和学识真正吸收，变成自己的一部分。否则我们就像那个借火的人，他要用火，就去邻居家借，但是到人家家里见到炉火那么旺，就只知道取暖而忘了取火种回家。肚子里即使塞满了肉，如果不能消化、无法吸收，又有什么用？怎能成为营养，令我们强壮呢？古罗马名将卢库鲁斯并没有作战经验，然而其靠读书而成为伟大的将军。难道他是按照我们的学习方式，死学而不吸收就能走到这一步么？

老靠别人的搀扶走路，我们自己的力气就会慢慢消失。为了鼓舞自己，克服对死亡的恐惧就引用塞内加的话；想要自我安慰或安慰别人就套用西塞罗的词……但是如果本来在这些方面就有所锻炼，我自己就会想出、说出一些话的。那种拾人牙慧的有限的一点本事，我才不稀罕。

借助别人的学识，也许可以成为学者；不靠自己的智慧，却永远成不了智者。

关于孩子的教育

　　家庭教师决定着您的孩子所受教育的成效。所以如何选择是一个值得深思熟虑的事情。教师的职责有很多非常重要的方面，但是我所知不多，所以也谈不深入。不过，借这篇文章可以向家庭教师提几个建议，也许他会觉得跟我想法一样。

　　作为一个体面家庭的孩子，学习知识并不是为了获利（如此低微的目标实在不配获得缪斯女神的青睐，而且获利与否还依赖、取决于他人），也不是为了取得种种好处，只是为了丰富自己。因此，对于这样的孩子，我并不想让他被培养成一个学者，更想让他被培养成一个智者。所以如果给他寻找家庭教师的话，我希望是一个品德良好、思维发达的人，而不是大脑被塞满各种知识的人。当然二者兼备更好，不过品德与智慧比知识更重要。我也希望教师能够以新的教育方式来履行他的职责。

　　我们身边从来不缺喋喋不休的人，他们强行给我们的大脑灌输很多东西，就像往漏斗里倒水。而我们的任务也常常只是复述别人给我们说过的话。我希望将来的家庭教师能够改变这种教育方式。一开始就按照孩子能够接受的程度，根据他的特点对他进行启发式教育，引导他去品味、选择、分辨各类事物。有时为他引路，有时却需要他自己去发现。我不希望教师只是自己编，自己说，演独角戏，而是希望他也能够倾听学生的声音。苏格拉底和阿西劳斯都是先让学生发言，然后自己才开始讲课。西塞罗甚至说过"教师的权威常常阻碍学生的学习"。

教师最好是让学生先展示自己，从而来判断他的举止与知识，然后再安排合适的教育进度。没有双方的相互了解与配合，我们就会搞砸很多事情。如何选择合适的进度并让学生接受并非易事，这也是我所知道的非常困难的工作之一。一个睿智包容的心灵一定会寻找到适合孩子的方法，知道如何调整孩子幼稚的步伐，引导他不断地改进。人与人都不一样，都有自己的特点。比如说，我自己就是上坡比下坡走得更有力，更平稳。

然而平时教师更通常的做法是：面对智力不同、条件各异的学生，却施以同样的课程、同样的内容，而且还是同样的方式。所以他们的一大批学生中只有两三个才能获得教益。

不应该只强调记忆功课里的每个内容，更应该告诉学生这些内容的意义，让他们去理解和感受。同样，教师判断学生的成绩不应该只是考察他的记忆力，而是要综合考察他在生活中的表现。不管学生刚学到什么知识，都应该让他从多方面来验证，学会举一反三。这样才能看出来他是否真正自己懂了，是否真的将知识变为了自己身体的一部分，然后再根据学生的接受程度按照柏拉图的教学方式来调整进度。如果吐出来的肉块跟吞进去的时候一样，那么说明胃根本就没有消化。肠胃消化吸收食物必然会改变其外形和状态，同样的道理，从老师那里学得知识也必须重新加以改进。

世　界

　　人类正是由于频繁地与外部世界接触，才能不断地提高自己的判断力，增加自己的智慧。我们普通人都由于受到种种的限制，才只能看到眼前一点点的空间。有人问苏格拉底他是哪里人，他没有说自己来自雅典，而是说自己是"世界人"。想象力丰富、视野开阔的他，拥抱的是整个宇宙，他的智慧、关怀与爱心投射的是整个人类，而不像我们普通人那样，只盯着眼皮底下那一点点事儿。

　　这个纷繁复杂的大千世界就像一面镜子，我们必须照着它才能看到自己，正确地认识自己。简单说，我希望世界是我的学生的书。这个世界上那么多的性情、教派、观点、法律、习俗……从中才可以学会如何认识自己，如何培养我们的判断力，如何克服自身的局限和先天弱点。这可不是一件小事。世界上还有那么多的政治动乱和社会剧变，正是它们让我们了解这个世界的变迁，不再迷惘惊讶。多少名字、胜利和征服都被湮没在遗忘中，而我们居然还希望凭借抓住十几个俘虏、攻下一个鸡窝般的工事就能彪炳史册，这种念头是多么可笑！多少豪华的外国排场仪式，多少巧夺天工、辉煌壮丽的宫殿、官邸，让我们的目光经受锻炼，不再迷恋于自己的那一点奢华与光彩。多少人在我们之前就已经长眠于地下，他们让我们不再惧怕死亡，不再畏惧到另一个世界寻找朋友。其他的方面，也是这样。

　　毕达哥拉斯曾经说过：我们的生活就像是一场规模盛大、人数众多的奥林匹克运动场。有人在那里健身，为的是参加比赛，夺得荣耀；有人在那里兜售商品，只为赚钱。还有人（他们并不是最坏的）从不为了什么，只是在旁观每件事的发展以及为什么会这样。他们只是他人生活的观众，旁观可以方便他们做出判断，调整自己的生活。

自我判断的荒谬

我们平时将轻信归结为无知和单纯，这样也许是有道理的。因为我曾经似乎听说过：信任，是刻在我们心灵上的印记。心灵越是软弱，抵抗力越小，也就越容易被刻上记号。孤陋寡闻、缺乏心灵抵抗力的人总是容易被人说服。这也是为什么儿童、平民、女人、病人更容易轻信别人，受人摆布。

但是，与此相反，对那些我们认为不真实的事物动辄蔑视、斥责，那也是愚蠢的狂妄自大。那些自以为高人一等的人就都犯有这个毛病。

我从前也是这样。只要听到有人谈到回魂、占卜、魔法、巫术之类的事情，或者是我认为不可能的事情就特别可怜那些相信此等事情的人。然而现在，我觉得当时的自己同样也是值得可怜。之所以这样说，并不是因为以后的经历让我看到了什么原以为不可能发生的事（过去我也并不缺乏好奇心的），而是理智告诉我：武断地判断一件事物的虚假，认为不可信，就好似在自己的大脑中擅自为上帝的意志和大自然的威力定出规则、安排界限。世界上最蠢的事情，无非就是这样了。如果我们将理性无法接受的事物全部归结为怪诞和神奇的话，那么我们眼前会出现多少怪诞和神奇！

想一想：我们已经认识的大部分的事物是穿过多少迷雾，历经多少摸索才为我们所理解。然而，我们会发现：为我们揭去这些事物"怪诞"和"神奇"的面纱的，与其说是学识，倒不如说是习以为常。

而自己的习惯又如何能保证真假呢？

论友谊

  看到家里一个画师工作的时候，我便有了模仿他的冲动。他在每面墙中间最美的地方挂上一幅精心描绘的油画。陪衬这幅画的四周的空白处则是一些怪诞的、充满想象力的画——这些画的唯一特点就是种类繁多，构图各异。

  这使我想到我的随笔。它们是什么？不也是一些怪诞、繁杂，没有格式，没有结构，兴之所至的东西吗？

  因此，在第二点上——那些起陪衬作用的画上，我自然可以与画师的才艺相提并论。但是在第一点上——那幅正中心的画上，我就相形见绌了：我那有限的才华不足以让我画一幅题材丰富，构图完整，符合艺术规则的画。所以，为了使我的作品其他的部分都闪耀起来，我很想用一幅艾蒂安·德·拉·波埃西的"画"来放于中心。那是他的一篇论文，题为《论自愿为奴》。但是那些不懂这本书的人却将其改名为《反独夫论》。这篇文章只不过是他的习作而已，那时的他年纪还很轻，喜欢歌颂自由、反对暴君。这篇文章在有学识的人们当中广为传颂，受到的激赏与盛赞也是实至名归。因为文字十分优雅，内容又极其丰富。然而，这篇文章就我看来却还远未达到他的最高水平。如果是在比较成熟的年龄——即我认识他的时候，他肯接受我的建议，将其思想录写下来，我敢肯定：我们将看到堪与古典杰作相媲美的真正难得的他的作品。因为就天赋来说，我还从未看到过谁可以与他相比。遗憾的是——他什么都没有留下来，除了这篇论文和几篇有关内战的备忘录。而且这篇论文也是偶然保存下来的。并且我还认为自从写完后，他就再也没有翻过这篇论文。除了之前我已经付梓他的一本小小的作品集以外，这些就是我在他的遗物中所能保留的全部了（我是多么感激！他在弥留之际，居然还留给我如此充满深情的委托——遗嘱中他把所有的藏书和遗稿都留给了我）。我特别感激《论自愿为奴》这篇文章，因为正是它使我们相识。在认识他之前，就已经有人将这篇文章推荐给我，让我知道了他的名字。一条通往友谊之路就此铺好——这友谊是如此尽善尽美，完整无缺，在上帝允许的范围内，我们将彼此永远珍惜。这样的友谊，我们在书上都很难见到，更遑论当今的人们之间。它需要那么多的机缘才能建立起来，以至于三百年出现一次都算太多。

就人的本性来说，没有什么比交往更重要。亚里士多德曾经说过"好的法官把友谊看得比正义还要重要"。如今，与艾蒂安的友谊让我看到了友谊之完美的至高点。因为一般来说，那些出于欲望或者利益，由公共或者私人需要所加固和滋养的友谊已经越过了友谊的界限，混杂了太多的因果，使其不再那么美好和高贵。

传统的四种友谊，无论是血缘的，社交的，出于慈善的，还是男女情爱的，不管是单独的，还是累加在一起的都达不到友谊的完美至高点。

儿童对父亲的感情其实只是尊敬。友谊以交流为养料，而他们之间由于太大的差异不会有充分的交流。交流也会与他们之间天然的义务关系相冲突。因为父亲不可能把所有的秘密想法都告诉儿子，以避免过分的亲昵；儿子也不可能对父亲加以责备或劝阻。这二者却都是友谊最重要的功能。甚至有些国家，那里的儿子们出于利益会杀掉他们的父亲；父亲也可能为了避免妨碍而杀掉自己的孩子。他们之间居然存在毁灭与生存的矛盾。因此古代就已经有些智者蔑视这种天然的血缘关系。当劝他别爱自己的孩子的时候，阿里斯蒂伯斯就曾鄙夷地说就是虱子、臭虫他也会把他们生下来的。而对于普鲁塔克，当人们劝他与他的兄弟重归于好的时候，他却毫不客气地说："一母所生又能说明什么？很重要么？"

兄弟确实是一个美好而充满温情的词。为了这种感情，有人虽无血缘关系，却能建立亲兄弟一样的关系。但是财产的混杂与分摊，贫富地位的变化，都是毁坏兄弟感情的猛药。兄弟之间有时为了相同的前程与事业，在前进的道路上免不了会相互矛盾与倾轧。所以，那真正完美的友谊和关系又怎能产生在兄弟之间？

父子之间性格可能完全不同，兄弟也是如此。纵然是亲生的儿子或者父亲，也有可能是一个胆小鬼、坏蛋，或者是蠢材。越是法律和义务强加给我们的友谊，越是缺少自由的意愿和选择。而恰恰是自由才给予我们真挚的情感与友谊。我之所以这样说，并非是因为我缺少父子或者是兄弟感情的经验。我有一个世上最好、最宽容的父亲。他直至暮年性格与对我的爱都从未改变。不仅是父子关系，在兄弟和睦这方面，我的家庭也堪称模范，远近闻名。

至于用友谊来与我们对女人的爱情相比，尽管后者是出于我们自由的选择，但是二者实在不是同一类感情，不能放在同一个位置上。我承认爱情之火更活跃，更炽热，更猛烈。但是那只不过是一堆浮躁而稍纵即逝的火，飘忽不定又变幻莫测，高温时灼人，一不注意又会熄灭，所以只能出现在我们生活当中的某一个角落。

友谊之火却是一片热得均匀、舒适的火，安静平和又持之以恒，既不会熄灭，也不会烧伤人。而爱情，有时甚至就是一团欲望之火，人们犹如猎人一样追逐着猎物而已。爱情一旦进入友谊的领域，它便会逐渐降温，最终消逝。因为爱情总是有着肉欲的目的，享乐将其毁灭，满足产生厌烦。相反，友谊却由于想念与渴望而产生快乐，快乐又滋润、促进了友谊——正如阅历与磨炼净化了灵魂那样。在我与艾蒂安的完美友谊期间，也曾经有爱情同时闯入我的生活。我同时拥有友谊和爱情这两种激情。两者虽然都同时存在，然而若相互比较，却有云泥之别。那完美的友谊崇高优雅，宛如行云流水，与其相比，爱情不过是在它阴影下踽踽而行而已。

婚姻，不过是一种交易市场。这个市场进出自由，延续的时间并不由我们的意志而是其他的因素所掌控。交易中，双方都含有不同的动机，也伴随着无数的纠纷与烦恼。这些纠纷与烦恼足以斩断一份感情的线，搅乱一份感情的缘。友谊则不然，它没有丝毫别的附带条款和交易。不仅如此，老实说，女人一般都难以理解默契的内心交流——而这，恰恰是友谊的源源活水。她们的心灵也难以忍受友谊这个如此坚韧和持久的感情纽带。假如不是这样，自由、自愿的亲密交往能够成立、持续，不单灵魂可以完全地享受，肉体也能充分地结合，整个人的心理与身体都能参加到当中去……这样的友谊将会多么充实而完美！可惜，女性直到现在也做不到这一点。更遗憾的是，根据古代各种流派的学说，她们都被关在了友谊的大门之外。

除了我能说出的理由、做出的解释，还有一种未知的、仿佛命中注定的力量成为我和拉·波埃西友谊的媒介。我们在素未谋面之前便已开始相互寻找，因为我们都常听别人说起过对方。可以说，我们是因为彼此的名字而相互拥抱的。第一次见面的时候，我们是在一个城市的盛大节日上。从那时起，我们就彼此互相倾倒，心有默契，仿佛熟识已久一样；从那时起，我们就把对方当成自己最亲密的人。在他已经发表过的一首非常优美的拉丁文的诗歌中，他是这样描述我们的友谊的：我们相识于偶然，却一见如故；友谊姗姗来迟，不日却臻于完美。这份友谊如此让人珍重，以至于我们觉得可以保持的时日无多。我们俩都已成年，他还比我大几岁。我们的友谊已经不能再由时光慢慢打磨，像普通的友谊那样通过促膝长谈，通过剪灯夜话来开启友谊之窗，来培养友谊之树。我与他的友谊是如此的发自内心，自然而然，以至于我们都到了失去自我的地步：我们之间从不保留什么，已经分不清彼此之间的区别。

古罗马时期，当护民官迪比留斯·格拉索思被判刑之后，当时的许多执政官继续迫害跟他关系紧密的人。可是当着这些执政官的面，有人问迪比留斯·格拉索思最重要的朋友凯优斯·布罗西奥斯，他愿意为迪比留斯做什么事。布罗西奥斯回答说："所有的事。""所有的事是指什么？难道他让你烧我们的神庙，你也会干吗？""他从不会要求我做这种事。""如果他让你做呢？""我会听从他。"布罗西奥斯回答说。如果他真如历史学家所记述的那样，是格拉索思一个完完全全的朋友，那他根本别无选择——只能冒犯当时在场的那些执政官，而且断然不会怀疑自己对朋友意愿的分辨与把握。然而那些控告他的官僚，上书言辞具有煽动性的政客，根本不了解他的为人，也更不理解他与朋友之间的关系：他熟稔格拉索思的意愿，也完全信任朋友。他们的友谊超越了同胞关系，超越了国籍，也超越了野心和谋反。他们互为挚友，彼此绝对的信任，也相互之间任何分寸都把握得绝无差错。这种互为知己的感情是建立在德行与理性的双重基础之上（没有这二者做基础，信任便绝无可能），所以布罗西奥斯的回答恰如其分。如果他们二位的行为相脱节，在我看来，那他们就既不是彼此的朋友，也不是他们自己的朋友。

对于我自己来说，也许另一个答复更容易说明问题。假如有人问我："如果您的意志决定要杀害您的女儿，您会杀她吗？"——我会说一个肯定的答案。因为这丝毫不能证明我会有那样的想法，更不会说明我会杀害我的女儿。我的肯定是因为我对自己的意志完全有把握，同样，我也不会对自己这样的朋友有丝毫的怀疑。无论外界如何评判，我对朋友的意愿与判断力从未丧失过信任。即使他的所作所为从不曾出现在我的眼前，但是他一切所作所为的原因我都全部知晓。我们的灵魂同行一致，坦荡而相互吸引、信任，以至于我不仅像了解我的心一样懂得他的心，而且信任他更甚自己。

请勿将其他普通的友谊与我跟拉·波埃西这样的友谊相提并论。我和别人一样理解友谊，而且对普通友谊了解得更透彻。但是我不会建议任何人混淆他们衡量友谊的尺度。将这两种友谊混淆，那是非常错误的。对于普通友谊，我们必须小心谨慎地把握尺度，任何时候都不能对一些细节掉以轻心。一个智者说："爱他，像你终有一天恨他那样；恨他，像你终有一天爱他那样。"这种话对于至高无上的友谊，那是多么令人憎恶；但是对于普通友谊却又那么适用。对于后者，亚里士多德的话是一个很好的注解："啊，朋友们，世上并无朋友。"

在我们高贵的交往里，"相互帮助与互施恩惠"——这些普通友谊的养料对于我们没有哪怕一丁点儿的价值。因为我们的交往是基于我们彼此默契的意志与心性。这就像我对自己的爱一样，不会因为在必要时对自己提供帮助就会增加多少，也不会因为我为自己做了一些事情就会心存感激。同样，高贵的友谊是心与心的默契、融合，它拒绝和排斥那些把彼此区分的字眼：恩惠、责任、感激、请求、感谢等。既然一切对于他们都是共有——意志、思想、判断、财产、女人、孩子、荣誉与生命，那么他们的默契就如亚里士多德那恰当的定义一样：两个躯体里的同一个灵魂。既然这样，他们之间便不能再索求与给予什么。这也就是为什么那些立法者会将这种神圣的关系来褒扬与其相似的婚姻：禁止夫妻间相互馈赠。这样的做法其实就是暗示：夫妻之间一切都是共有，没有任何东西可分开，也没有任何东西属于个人独自享有。

在我所说的高贵友谊中，从朋友那里获得赠予的那个人才是一个慷慨的赠予者：既然两个人考虑的都是首先使朋友获益，那么提供这一获益机会的人才是最慷慨的人——他给朋友一个实现自己最大愿望的机会。

哲学家第欧根尼急需钱的时候，他说他不是向朋友要钱，而是"讨还钱"。我给大家讲一个例子，来证明这件事。

科林斯人欧达米达斯有两个朋友：夏利努斯和阿雷多斯。欧达米达斯很穷，他的两个朋友却很富有。当他卧病不起的时候，他在遗嘱中如此写道：

> 我给阿雷多斯的遗产是：他要赡养我的母亲，让她安度晚年；
>
> 给夏利努斯的遗产是：他要负责我女儿的婚嫁，并且量力而行地给她一份丰厚的嫁妆；
>
> 如果两个人中一个人去世，那么我任命那健在的另一个替代他的责任。

那些最初看见这份遗嘱的人都感觉内容很好笑。但是他的"遗产继承人"在得到通知之后，却都异常满意地接受了。其中一个，夏利努斯，五天之后也去世了，他分得的那份"遗产"只好也由阿雷多斯来继承。阿雷多斯很好地继承了这两份遗产：他极为细心地赡养着那位母亲，又将所有财产的一半给自己的独女做嫁妆，另一半给欧达米达斯的女儿。两个女孩的婚礼在同一天举行。

这个例子非常完美，只有一点例外：朋友的数目。因为我所说的高贵完美的友谊是不可分的：其中的每个人都把自己完完全全地献给他的朋友，以至于他再没有友谊可分给另一个人。与这个例子不同，我所说的友谊中的每个人都会遗憾他不是两位、三位甚至四位一体的人，都会遗憾不能同时有几个灵魂和几颗心来全部献给自己的朋友。

至于普通的友谊，我们可以把它按类区别开：喜欢这个，因为他的美貌；喜欢那个，因为他的风流倜傥。喜欢这个，因为他潇洒不羁；喜欢那个，因为他慷慨多施。喜欢这个，因为他慈爱安详；喜欢那个，则因为他博爱平和。当然，还有其他很多种。但是高尚的友谊占据了人的整个灵魂，并以绝对的权威统治一个人的所有情感——我自己无论如何也无法具有两重性，无法同时拥有两份这样的友谊。如果两个朋友同时需要你来救助，你将跑向哪一个？如果他们要你做的事情正好相反，你将如何处置？如果一个把一件事托付给你并让你保密，但是这件事又有必要告诉另一个，你又该如何处理呢？

独一无二的高尚的友谊重于一切其他的义务。我发誓不告诉别人的秘密，我可以毫不违反自己的誓言将它告诉给一个并非"别人"的人。因为他，也可以说就是我自己。能够将自己变为两个人已经是奇迹了，我真不知道那些可以将自己变为三份的人何其伟大！一切极端的东西都是独一无二的。人生得一知己已经是难上加难，更何况如何让我同时爱两个朋友，而他们之间也像我爱他们一样而互爱？

在欧达米达斯的这个故事里，欧达米达斯把"让朋友满足自己的需要"当作一件施于朋友的恩惠与仁爱。他很慷慨地让两位朋友做自己的继承人，而他的慷慨就是——把能为自己谋利益的权利交给他们。因此，毫无疑问，友谊的力量在他的身上比在阿雷多斯身上表现得更为强大，更为明显。

总之，高尚的友谊这种美妙的滋味没有尝过的人是无法想象出来的。所以我也就非常推崇一个士兵回答居鲁士的话。居鲁士当时问这名士兵：需要多大的代价他才会出让那匹刚使他在赛马比赛中获得冠军的马，愿不愿意拿这匹马与一个王国交换。士兵回答说："绝不，先生。但是我很愿意为了获得一个朋友而放弃它——如果我找得到一个值得这样结交的人。"

他说得很对："如果我找得到。"泛泛之交的朋友很容易找，那种高贵的友谊却绝世难寻。在那种友谊里，我们彼此袒露内心深处，彼此没有隐藏与隐瞒，一切行为的动机与出发点都为对方所知。

论适度

我们的手似乎不洁，美好的事物一经我们的触碰与摆弄就会腐烂变质。我们本可以得到德行，但是如果过分苛求、行为过激，则会把这德行变为恶业。然而，有人却不认为德行有"过分"这一说，还嘲笑智者所提出的忠告。

"德行亦有度"，这是很微妙的哲理。爱道德也有过分的时候，正义的事情过于极端也会过犹不及。圣人有言："勿过分聪明，智慧需要适度。"

我见过一位大人物——为了显示自己比别人都虔诚，极端的做法却损害了他在信仰上的名声。

我喜欢温和中庸的性格。毫无节制即使用在求善中也难以令人赞同。这样的求善虽然不至于让我反感，但是也足够让我惊奇、难以置信。博萨尼亚斯的母亲首先做出示意——带头向自己的儿子扔石头以置他于死地；罗马的独裁官波斯杜米奥斯则因为年轻气盛的儿子违令先于部队成功扑向敌人就将其处死……这样的行为与其说是公正，不如说是怪异；这样的德行，我既不会建议，也不会仿效。

过犹不及。骤然被强光照射与一下子进入黑暗一样，都会让我的眼睛难以适应。卡里克雷在《柏拉图》一书中说过：

哲学上穷究极思，反受其害。他建议人们不可超越界限，深陷于此。适度的钻研有趣，也有益。一旦超越限度，则会让人变得乖戾而惹人生厌，以至于蔑视宗教与习俗，与人横生隔膜，无视人性需求，既不能从事公务，亦不能助人、助己……这样的结果最应得的只是——狠狠的几个耳光。卡里克雷的话是对的：过度的穷究极思，不仅限制了我们自由的天性，还以玄之又玄的道理使我们偏离了生活的美好与智慧的坦途。

论性情的矛盾

在我们翻阅史书的时候，不乏这样的情节：一个大人物得到他的一个重要敌人——他恨之入骨的敌人的死讯时，他反而很伤心，甚至惋惜。相传有人将庞培的头颅赠送给恺撒时，他并没有惊喜，反而很悲怆地扭过头去。因此，人们评价说恺撒虚伪狡诈、惺惺作态。然而，要知道：他们之间不仅有仇恨，也有那曾经很长时间内的相互合作、相互理解、相互帮助；他们之间不仅有战争，也曾经共同面对很多困难，共同面对元老院，共同面对罗马民众。尽管我们在日常生活中，大部分的时候都戴着面具，已经习惯了虚伪，但是不可排除，总有一些时候我们露出的是真实的表情。面对一些突发事情，我们总有表达真性情的时候，正如灵魂也会为不同的激情而震颤。

据说我们的身体内具有各种不同的体液，每种体液代表一种性情。但是只有最占上风的那种体液才是每个人性情的决定者。心灵也大抵如此：各种不同的冲动都施加着影响，但是只有一种冲动具有决定性的、持久的影响。然而，这种冲动也未必就能够始终完全控制人的心灵。由于我们的心灵都是善变的，也是柔软的。所以那些弱小的，不起眼的因素有时也会占据我们的心。因此，我们不仅能看到那些只循着本性而活动的儿童——他们天真烂漫，为了同样的一件事会又哭又笑。即使我们自己，不管他当初做出远行决定的时候是多么坚决，一旦看到亲朋好友来为自己送行的时候，谁又能夸口吹嘘自己一点儿都不为所动，一点儿都不犹豫不决呢？即使眼泪勉强能够忍住，但是将脚伸进马镫时，起码他的脸色是那么落寞与忧伤。

面对爱情也是如此。有着良好家世的少女，不管她心中爱情的火焰是多么炽烈，在走向夫婿的时候，却还是需要人硬把她们从母亲的怀中拉开。这并不是欺骗，而是对母亲的爱的自然流露。虽然爱情那么热烈而诱人，但是离开母亲也是那样的舍不得。

当我训斥我的仆人的时候，我是竭尽全力地在发脾气。这是真的在诅咒、怒骂，没有一点惺惺作态的样子。然而阴云过后，当他又需要我时，我依然会很乐意地去帮助他——之前的那一页我已经翻了过去。当我骂他蠢猪、马虎蛋的时候，并没有打算将这些标签永远贴在他额头。之后，也并不影响我称他为一个正派人。这前后矛盾的话，我并不认为是出尔反尔。

任何一种品性都无法将我们完全左右，让我们始终保持同样的反应。自言自语有时候跟疯子的行为是很相似的。大概人们经常会听到我自己骂自己"真是个蠢货！"但是我可并不认为这是我对自己的最终结论。

作为一个普通人，如果有人看到我对妻子时而冷漠，时而充满爱意就因此而认为其中一种态度一定虚假——那这个人一定是个傻瓜。作为一个大人物，即使暴君尼禄在杀害他那贪权好势的母亲时，也感到了悲哀、恐惧与怜悯——这毕竟也是对母爱的诀别。

跟儿童一样，谁多多少少没有两面性呢？

荣誉不可分享

世界上千万种蠢事中，最容易被人接受的，也是最普遍的，莫过于对荣誉的痴迷。为了荣誉我们不惜放弃财产，打破平静的生活，牺牲健康乃至生命……失去这些真实的、有内涵、有意义的东西，转而去追求那些虚无缥缈的幻象，那些无迹可寻、无形无实的空洞语言。

意大利著名诗人塔索就曾经说过："越是自负的人越贪恋名誉——这一幻觉。"在人类的所有不合理的欲望中，这一欲望即使是哲学家也难以摆脱，甚至比其他人摆脱得更晚，摆脱得更勉强。这是最根深蒂固的思想倾向，其诱惑足以迷倒高贵的心灵。能够以足够的理性来谴责虚荣的人不多，我不知道有谁曾经做到过。为了否定虚荣，你可以什么都说，也相信自己能够做到，然而最终，不管是出于什么理由，虚荣心依然萦绕在心头，令人无法抗拒。

西塞罗的话也许可以解释这一现象：即使是抨击虚荣的人，也愿意在自己所写的批评册子上印上自己的名字，愿以鄙视荣誉的行为来赢取荣誉。

除了荣誉，其他一切都可以交换，可以分享。朋友需要的时候，我们可以施以援手，提供财富，甚至不惜牺牲自己的生命。这样的人并不少见。然而把自己的名誉赠予别人，这样的情况却很难见到。

如何评价人与人的差别

世界上的万事万物莫不以其本身的品质来评价。然而，唯独人是例外。我们夸奖一匹马，那是因为它矫健有力，气势昂扬，出类拔萃，而不会是因为它身上漂亮的马鞍。同样，也不会赞扬一只猎犬，只是因为它那精巧的项圈。欣赏一只鸟儿，是看它的翅膀和羽毛，不会是它的脚链和鸟笼。

那么评价一个人为什么不以本身的价值去衡量呢？众多仆从、豪华宫殿、喧天权势、丰厚年金……这些只不过是人的身外物，并不是他固有的本质。买猫，你不会买一只藏在袋子里看不到的猫；购马，你会卸掉鞍具，观察毫无遮掩的马。即使是古代给王侯贵族相马，给马加一些饰物，那也只是遮盖一些非常次要的地方，其目的不是为了炫耀与干扰，而是为了让人在欣赏马的时候避免将时间和精力放在那些无用的地方——美丽的毛色、宽大的马屁股……从而可以集中精力观察马腿、马眼和马蹄——这些最重要的部位。

那么，你在评价一个人的时候为什么让他隐藏在自己厚实的包装中呢？他所做的正是在展示不是他本质的地方，同时也隐藏自己最需要评价的方面。买宝剑的时候，你需要看的是剑，而不是剑鞘。只有将剑拔出来，方能判断出它到底是珍宝，还是一文不值。同样，看人要看他的本身，而不是他的装扮。古人有句话很风趣，也很在理：你为什么觉得他异常高大？因为你把他的木屐也算上了。雕像的基座不属于雕像本身，人的高度当然不能把脚下的高跷也算上。

看待一个人的时候，把他的财富、名望、头衔都抛之脑后吧，让他只穿着衬衣就可以了。他的能力是否胜任职务？他的体格是否健壮？他的神态是否昂扬？他的心灵如何？美好吗？高尚吗？是否具有各种高贵的品德？他的财富如何而来？是靠经营自己的产业，还是依赖别人的钱？是靠本身的能力，还是靠偶尔的运气？他是花哨的剑鞘，还是出鞘后寒气逼人的利剑？他是否能坦然面对死亡，无论老死，还是暴毙？他的心是否宁静、平和、自然？

这些都是要在看待、评价一个人时必须要查看的，从这些特点上才可以看出人与人的差别。

谈年龄

我自己认为：一个人到了二十岁，其心智就已成熟，该展露的地方也已经展露出来，将来能有何作为也已经有充分的征兆。回看历史，到了这个年龄还没有展示出自己力量的人，此后也就未能展示出什么东西来。在这个年龄，人的先天禀赋与后天品德都最具有光彩也最容易闪光。如若未能展示出什么，以后也就永远不会有机会。这就是多费内[1]民间谚语所说的"初生的刺不扎人，日后就永远不会再扎人"。

据我所知，人类所有的丰功伟绩不管哪个领域，大部分都是由不到三十岁的人来完成的，古今一样。即使对一个普通人，他的一生中所有重要的事也基本都是在三十岁之前完成。名将汉尼拔与他的死敌西庇阿的一生，不是都证明了这一点么？

大人物光辉的下半生主要是靠青年时期积累的荣誉而度过。然而他们的伟大只是跟其他人相比较而言，并不是跟自己本身相比。至于我本人，我就敢肯定地说，三十岁之后，我的思维和体质都是下降的多，提高的少。那些善于利用时间的

---

[1] 法国南部旧省名。

人，也许其知识和经验可能随着年龄的增加而增长；但是活力、毅力、敏捷度，以及其他一些我们本身更重要的品质却无论如何都会衰退。

有时身体会先衰老，有时却是大脑。我见过很多人，他们的大脑衰退得比四肢和肠胃要早得多。身体衰老非常明显，大脑衰老这种病却让人不怎么感觉到，病兆也不那么明显。然而正是不明显才更危险。

为何我们行为不坚定

我们每个人的行为都是由零散的举动组合而成。然而不论是什么举动，什么行为，即使不屑于追求欢愉，却也担心受苦；即使不在乎追求名誉，却也受不了担有恶名。荣誉是高尚的东西，但是我们却更容易流于徒有其表。美德也贵在其本质，而不是在于美德编织的面具。如果追求的不过是美德这个面具，那我们马上就会露出马脚。追求表面的荣誉与美德是一种烈性燃料，灵魂一旦沾染，就断难除去。即使除去，也会受其伤害。因此，判断一个人就应该长期观察，认真看待他每一步的踪迹。如果其坚定并非取决于本身品质，而是另有原因；如果其步伐（我想说的是路线，因为步伐可快可慢）随着环境的变化而时有更改……那么就随他去吧。这样的人正如塔尔波特的箴言里所说的：只会随风使舵。

一位古人说，既然我们的生活离不开偶然，那么偶然对我们所产生的重大影响也就不足为奇。

一个人对自己的人生预先没有一个大致的规划，却想要安排好每一步的具体行动，那是不可能的。脑海里缺乏整体的设想，行动中就安排不好那些细碎的步骤。正如绘画，如果不知道要画什么，再多的颜料又有何用？

当然，没有任何人可以将自己的一生完全预先描绘出来。我们只能一小部分、一小部分的去构想，去增加。弓箭手只有先瞄准目标，才能按照目标调整手、弓、箭以及动作。我们的计划落空，往往是因为没有目标和方向。船没有要抵达的港口，再好的方向也没有用。

反对刑讯逼供

刑讯逼供是一项危险的发明。我认为与其说这是在追查真相，毋宁说这是在考验肉体的承受能力：顶得住酷刑的人便可隐瞒真相，受不了酷刑的人则注定会违心招供。即使刑讯逼供有成功的范例，犯人因为受不了酷刑而如实招供，但是与因为酷刑而被迫承认莫须有的罪过的人相比，前者就一定多于后者么？反过来说，即使清白无辜的人可以坚强到顶得住酷刑，那么真正犯下罪行的人凭什么就做不到呢？须知，他顶住酷刑的报酬可是换回一条命！

也许，刑讯逼供的根据是重视良心的作用。因为良心与刑罚结合能够降低罪犯的心理防线，促进罪犯承认罪行。此外，良心也能给清白无辜者以勇气和力量，使之在酷刑之下仍不屈服。但是如实来讲，这样的做法并不可靠，而且相当危险。

酷刑之下，为了避免肉体所难以承受的折磨，有什么事情做不出来呢？这种做法最后的结果往往是：为了不放过真正的罪犯，法官一再使用酷刑，结果却是无辜者在折磨中丧生。这种例子不胜枚举，古往今来，成千上万的无辜者都是因为受不了酷刑而被逼胡乱招供。这些人当中不乏名人，甚至伟人。亚历山大的将军费罗塔斯就是其中的一例。写书时，我仍然可以想起当时亚历山大对他所施的种种酷刑，以及对他的种种不实指控。

然而，在人类因自身的软弱而制造的种种祸害中，据说这还是最不值一提的。

可是，在我看来，这是多么不人道，多么残忍而无用！即使是希腊和罗马都称之为"蛮夷"的国家中，有许多人都认为：一个人的罪行尚未被确定时便对其施以酷刑，这是残忍、邪恶的行为。事实上却是：在刑讯逼供上，他们还不如希腊罗马野蛮！如若您是法官，您对被告的案情毫无所知，这时的嫌疑人有什么责任可言？您并不想无缘无故地处死他，可是您要先让他饱尝比死亡还痛苦百倍的折磨，这样做公正吗？道理非常明显，您可以想象一下：有多少被告人宁愿含冤死去也不愿经受比死亡还残忍的刑讯逼供。逼供下，被告人常常还没有等到判决宣布，就已经在刑具下咽气。

正确对待自己

我想象要描绘的不是我的所作所为，而是我自己，我的内在本质。在我看来，任何对自己的评价都要审慎，对待可资证明的材料要认真，无论是褒是贬，都要不偏不倚。如果我觉得自己智慧、善良，或者与此接近，那我不会吝惜于将我的优点大声说出来。自己评价自己的时候比实际情况说得低，那并不是谦虚，而是愚蠢。亚里士多德就认为：低估自己就是软弱。任何美德都不以虚伪为基础，而真实绝不会成为错误的原因。过高评价自己，也不总是自大的表现，往往也摆脱不了愚蠢的因素。自满自足，动辄沾沾自喜，以及自恋，我认为才是自大这个恶习的表现。

去除自大这个毛病最好的良药就是对某些人的主张反其道而行之。这些人从来都不许别人谈论自己，从而也不让别人做自我评价。其实骄傲往往隐藏在思维中，言语不过能表现出来一小部分而已。这些人认为思考自我就是孤芳自赏，认识自我就是自恋。这也许会偶有发生。但是，这样极端的情况只发生在这类人身上：他们对自己从不做深入认识，幻想和逍遥被视作体验自我，丰富思想和塑造人格被称为无稽之谈。

倘若有人以学识自居，恃才放旷，盛气凌人，那就让他睁眼看看书本，回头品品历史。之后他自己便会知道学识比他高深几百倍的高才大德何止千千万。他会因此而敛气收声，自惭形秽。如果有人自恃勇猛，那就让他了解下两位西庇阿——两位古罗马统帅的生平事迹。

父慈子爱

　　一个父亲由于孩子对他有所求而获得孩子的爱，他实则是不幸的。

　　以自己的美德和能力而获得尊敬，以自己的仁慈和友善而获得爱戴，这才是我们应该做的。贵重物品即使被熔化仍有其价值，这就是为什么我们素来尊敬高贵人士的遗骸、遗物。一个有着光辉一生的人，即使到了迟暮之年也不会因之衰朽，他仍会受到人们的尊敬，尤其是子孙后代的尊敬。我们应该以理性来培养孩子的心灵，使他们勇于承担责任，而不是用物质来胁迫引诱，更不是靠简单粗暴的做法。

　　对于如何培养娇嫩心灵，我谴责一切体罚。之所以塑造心灵，是为了荣誉与自由。而强迫与压制则产生奴性。我认为，凭借理性、智慧与灵巧都做不到的事情，凭借武力更不会取得效果。我就是被这样培养出来的。我听别人说，我小时候只挨过两次皮鞭，而且都是很轻微的。我对自己的孩子也坚持这么做。不过除了莱奥诺尔——我唯一的女儿——幸免于难外，其他孩子都夭折了。直至莱奥诺尔长到六岁多，不论是为了引导或惩罚（母亲宽容孩子的过失是很自然的），顶多是训斥一下，而且语气都很轻。我知道我的做法是对的，是合乎自然的。即使女儿令我大失所望的时候，也不能指责我教育她的方法，原因便在于此。如果我有儿子的话，我会更加慎重对待。因为男孩子不像女孩子那样天生还要侍候他人，他们的身份要自由得多。我多想让自己的儿子心中充满自由和独立的精神啊！皮鞭只能使他的心灵更加怯懦，或使其更加邪恶，而不会有任何其他好的效果。

我们想得到孩子的爱么？我们不愿意孩子产生巴不得我们死掉的想法吧？（虽然孩子有这种可怕的想法是不正常的，是不可原谅的。诚如古罗马历史学家泰特斯·里维厄斯所言：任何罪恶都不会以理性为基础。）那么，我们就应当尽自己的可能让孩子自然、快乐地生活。为此，我们不应过早结婚，要不我们的年龄就会与儿女相差无几。而这种弊端会导致我们遭遇极大的困难，尤其对于贵族而言。贵族是个悠闲自在的社会阶层，诚如大家所说，就靠年金生活。而其他社会阶层则需要靠自己赚钱为生。对于他们来说，众多子女，而且近在身旁，会对安排家计起到很大帮助：子女是帮助发家致富的好帮手。

我是三十三岁结婚的，据说亚里士多德主张三十五岁结婚，我对此也深表赞同。

及时卸套

岁月不饶人，我们的身体与心灵会自然衰退。我认为，二者的衰退是同等的（如果心灵的衰退不是更严重的话）。不及早认识和感悟这一点是个错误，而且这一错误能使世上许多伟人身败名裂。我以前见过并且非常熟悉一些声名显赫的人物，他们早早就获得盛名。然而让我大失所望的是：显然，他们早已威风不在。为了顾全他们的美誉，我多么希望他们能摆脱自己已力不从心的文治武功，早日归隐田园，悠游度日。

我以前经常出入一户贵族门第。主人鳏居，年事已高，但是精神矍铄。他有好几个女儿待字闺中，还有一个应该已经走向社会的儿子。这样一来，他家的开支就很大，并且经常有陌生客人来访。他对此觉得索然无味。不但要考虑节省开支，而且由于年龄的原因，过着一种与我们的生活方式相差甚远的生活。有一天，我以平常的语气，大胆对他说：最好让出位置，把主屋（只有那屋家具齐全而且舒适）腾给儿子，自己则退隐到附近自己的庄园里，那里再不会有外人来打扰他的休息，鉴于他儿女的情况，不这样做他就不可能避免被打扰。他后来采纳了我的意见，生活过得非常好。

这并不是说，对儿女做了这样的承诺后就不可收回。我现在正可以充当老者的角色，我也会让儿女享受我的房屋和财产。但是如果他们的所作所为让我后悔的话，我会保留改变主意的自由。我之所以让他们享用这一切，是因为这一切对我已经不合适。至于对全体事务的管理权，只要我喜欢，我会继续保留。我一向认为，在自己有生之年管束子女的行为，让他们熟悉家业管理，同时利用本人的经验对他们提供意见和建议，由自己把家庭的荣誉和规矩亲自传承到子女手中，从而确保寄托于他们身上的期望得以实现，这对于一个老父亲来说，是何等欣慰的一件事啊。

正因为如此，我不愿意离开子女的陪伴，更愿意就近指引他们，根据自己的身体状况与他们一起分享快乐、一起庆祝节日。

即使将来到了年纪老迈、病痛缠身，自己在场会影响到他们的兴致，同时自己的生活也感觉到被裹挟、不舒服的时候，我也会至少生活在靠近他们房间的某个地方。只要舒服惬意即可，不需要外表多么好看。

读书与休闲

如果说我是一个能够给予别人知识的人，那是因为我向来毫无保留。

我对所有事物的看法都会倾囊所授，甚至那些我并不太懂，并不权威的领域。是否是自己的了解范围，我并不太在意。

我也希望对事物有更完美的了解，但是却不愿意因此付出太高昂的代价。我的生活规划是悠闲惬意地度过余生，而不是忙忙碌碌。对于我来说，任何事情都不值得呕心沥血，哪怕是做学问——尽管其价值非常重要。阅读时，我在书中寻找的是正当体面的休闲方式。研究时，也只是研究如何认识自己的学问——如何享受生，如何面对死。

读书的时候，如果我遇到困难，也不愿意因此绞尽脑汁。思考过一两遍之后，就会将这些困难抛诸脑后。倘若我坚持不放，大脑就会晕晕乎乎，纯粹浪费时间。因为我的性格趋于冲动，第一次看，理解不了问题，越坚持就会越沮丧、不清楚。如果不感兴趣，我就做不成任何事情。穷究细想只能让我厌倦心烦，而且更判断不清楚。如果执拗不放书上的问题，甚至会让视觉模糊，迷失方向。这时必须收回视线，转移注意力。就像判断吊灯颜色一样，目光不能直接盯着吊灯，而应该向旁边看，各个方向都看了之后方能更好地判断吊灯的颜色。

手中的一本书如果味同嚼蜡，我就会换一本看。如果坚持读下去，自己不仅感到厌烦，而且会觉得是在无所事事。

我很少读新书，因为觉得古典的书内容更充实，意义更深。我也很少读希腊书，因为自己只是略懂希腊语，理解力和判断力只是个学徒的水平，无法满足自己阅读的需要。

自我评价

就我自己所见，很少有人的自我评价低于我的自我评价，甚至别人对我的评价也低于我的自我评价。

我觉得自己只是一介凡夫俗子，平庸无奇。只有一点是个例外：从不否认自己身上最卑劣、最庸俗的缺点，也从不加以辩解。我欣赏自己并非因为看不到自己的缺点，仅仅是因为我了解自己的价值。

如果我偶尔有点自命不凡，那也只不过是一时的流露而已，并没有形成自己的性格，更不会因此影响我的判断力。

身上虽然湿透，但是我并未被浸染。

说实话，精神的东西不管是什么样的形式，由我自己产出而又让我自己满意的，一件也没有。他人的赞赏并不能让我真正高兴起来。我的品位讲究而又挑剔，对待自己尤其突出。我从来都是不断地自我否定，因而时时都感到自己犹豫不决，做事情容易因意志软弱而浅尝辄止。因此，我从没有制作出任何能让自己的鉴赏力满意的东西。

尽管我的眼力精准、犀利，但是到了做事情的时候却又会变模糊——在诗歌创作的尝试上尤其如此。我极其喜爱诗歌，在对别人的诗歌品评方面也有很强的鉴赏能力。但是一旦自己动手写，却顿失水准，写出来的东西简直是儿童水平，我自己看了都难以忍受。在任何行业里面做个傻瓜都无所谓，但是在诗歌领域可万万行不通。从众神到看客，从同行到张贴柱……平庸无奇的诗人都是绝大的笑柄，我可不敢贸然一试。

　　由此想到了出版商还有他们的店铺，是否应该在那里贴一张警示牌以阻拦那些蹩脚诗人出入呢？

不给自己竖立雕像

关于我写的这本书，我可不想凭其来给自己竖立雕像，无论是安置在十字街头，还是教堂里面，抑或广场中心。

我的这本书只适合放在书架的一角，来吸取邻人或者亲友的青睐。他们看了也许会很开心地与我叙旧，或者是促膝长谈。别的作者都热衷于谈论自己，他们认为描写自我是一个丰富而又有价值的题材。我却相反，觉得自己平庸浅薄，不值得大书特书。所以犯不着将来让人指责我有自我卖弄之嫌。

我乐于评价别人的行为，至于我自己的行为，由于太微不足道，鲜有可供评价的地方。

再说，我也没有积累多少功德，即使谈起来，与先祖相比，也只能让自己更羞愧。

所以，我是多么乐于听到别人向我谈起先祖的生活方式、举手投足、音容笑貌和人生遭遇啊！一旦有人开口谈起这方面的东西，我就会聚精会神地听下去。如果有人对其亲友以及前辈的肖像不屑一顾，对他们以往的服饰、武器漠不关心，这肯定不是什么良好的品德。至于我自己，直到现在我还保留着以往亲友、先人的文具、印章、祈祷书，还有他们使用过的佩剑。即使是家父当年习惯使用的几根手杖，我也从未将它们移出房间。

所谓睹物思人，就是这个道理。

由于此书，我与大众有了联系。然而所有的关系无非是因为我借用了印刷工具：工具使书本的问世更为方便、快捷，而作为结果，也许我的书会被用作市集上牛油块的包装纸。

那么，即使没有人读我的书，是否我用很长的空闲时间来整理一些有益、有趣的思想就是浪费时间呢？我要将自我展现出来，常常需要先摆正姿态，然后才能勾勒自己的大致形象。最后当雏形出来的时候，多多少少我可以说：这毕竟是自然成形的。而且，向他人描绘自己的时候，文字的色彩也许比真实的我还要更鲜明。因此，与其说我在写书，倒不如说书在写我、造就我。书与作者已经融为一体，不可分离；写书已经成为我生活的一部分。我的书只与我有关系，不像其他书，还要涉及第三者，需要谈论陌生人。

我这么认真仔细、巨细无遗地描写自己，算不算是浪费时间呢？我认为那些偶尔兴之所至、浅尝辄止地做一番自我分析的人，从来不曾从本质上深入思考自己、观察自己。只有将自我评价和分析当成研究工作，当成艺术品的作者才能真正地观察入微，洞观自己的一切。为他满腔热情，竭尽全力，而且持之以恒地做着详细的记录。

最令人陶醉的乐趣，不是形诸于色，更不是当众炫耀，甚至不需要有人在身边。因为这种乐趣只是个人的内心感受。

多少次郁闷烦躁的时候，我都是靠写书来排遣啊！这才是我最大的乐趣。

谈撒谎

　　撒谎是一种丑陋的恶习。古人曾以羞愧的语调描述过这一恶习，并做了总结：这既是藐视上帝，又是畏惧众人的表现。对于撒谎的丑恶、卑劣和恶心，没有比这表达得更充分、鲜明的了。可以设想一下：有比畏惧别人和藐视上帝更丑陋的吗？既然人与人之间沟通的唯一通道是语言，那么说谎话就是背叛公众社会。语言是我们交流思想和意愿的唯一工具，也是我们心灵的写照。没有它，我们彼此就无法联系，更不能相互了解。如果语言欺骗了我们，那它就破坏了我们人与人之间的一切关系，打破了我们社会的最基本的联系。

　　新印度的一些部族喜欢用人血来祭祀神灵，但是他们只从舌头和耳朵取血——以此来赎听谎言和说谎话的罪过。（这些部族我们没有必要知道它们的名字了，而且它们也早已不复存在。这场惨绝人寰的征服之战蹂躏了那里的土地和人民，竟至于这些部族的名字和相关信息都已经湮灭。）

　　希腊的一位智者说：小孩子玩骨头，大人玩舌头。

　　至于谎言的各种作用，谎言与荣誉的各种联系，以及这些联系的变化，我想以后会做更详细的分析，说出所有我想说的话。这种将谎言与荣誉紧密联系起来，将语言当中的内容字斟句酌、反复掂量的习惯是从何时开始的呢？不难断言，这一习惯绝非从古希腊和罗马人开始的。他们的语言中彼此能够无情揭露，甚至还会相互侮辱斥责，但是却并不曾因此而吵架。这一点让我常常感到新奇不解。他们履行职责的规范与我们大相径庭。他们当着恺撒的面说他是小偷，还说过他是醉汉。我们可以看到他们那个时代谩骂与斥责是多么的自由，即使是攻城拔寨的杰出将领，语言的账也都只是用语言来还，从未有其他结果。

痛苦与快乐，没有纯粹

不管我们有多么快乐，其中总是免不了掺杂着痛苦与不悦。快乐假如是源泉，里面总会流淌着无名的伤感。

极度的快感总是有点像呻吟与抱怨。不是说痛苦得要死么？为何快乐也会这样？

甚至当我们在描绘极度的快乐时，都免不了会使用一些跟痛苦与疾病相联系的词：慵懒，虚弱，筋疲力尽，死去活来……可见快乐与痛苦的孪生关系。

深沉的快乐，庄重多于愉悦；充分的满足，平静也多于欢呼雀跃。

生活中我们相信乐极生悲。也就是说，快乐也会转而伤害到我们。

古希腊有句诗歌，大概的意思是说：诸神给予我们的一切，总是伴随着一定的代价。也就是说即使是诸神也不会赐予我们纯粹、完美的快乐。带给我们快乐时总要同时带给我们痛苦。

痛苦和快乐，本质上迥然不同，我不知道它们在哪个地方竟然产生了关联。因此苏格拉底说：有神灵试图将痛苦与快乐结合，融为一体。他虽然没有达到目的，但是至少将二者的末端拴在了一起。

伊壁鸠鲁派的一位哲学家梅特罗多罗斯也说过：痛苦中总是有一丝快乐的痕迹。我不知道这句话是不是还有其他意思。但是可以想到的是：忧伤时，总是还有一点达到目的的快感，一点赞同结果的心情，甚至还有些许的沾沾自喜。甚至我还想说，忧伤，所伴随的除了野心之外，还有一丝的甜蜜与美妙。

忧伤如果是苦酒，是否可以说：原料里也蕴含着营养？

从容老去

　　"年轻时早有准备，年老时方能安享其成"——哲人们如此说。而且哲人们还注意到我们天性中最大的恶就是我们的欲望从不老去，总是那么活跃。因此，我们的生活也在不断地改变、更新。然而我们应该知道：追求与欲望总有一天要注意到年华的老去。

　　生活当中却相反：即使我们已经一只脚踏进了坟墓，胃口和追求却还在不断地重生。以至于贺拉斯在诗中说：快死的人本来想造个坟墓，却忘了这计划，反而盖起了豪宅。

　　如今我最长远的计划都从来不超过一年。一旦订出了计划，我就会急着将其完成。因为我知道衰老已至，生命有限。所以，我会避免一切新的事业追求和人生欲望。我应该与行将离去的地方一一作别，而且已经每天在不断地放弃自己所拥有的东西。

　　临到衰老的时候，我终于有一种如释重负的感觉。由于衰老，以往受许多欲望牵挂羁绊的心平静下来。世界的变化发展，财富、地位、学识、健康，乃至自我，都不再让我眷恋挂念。

　　如我现在的境况，有人还在学习说话，其实更应该学习的倒是永远的沉默。

虽然任何时候都可以继续学习，但绝不是死板的学院派知识。让一个老态龙钟的人去读字母，何其愚蠢！

如果真要学习，那就学一些我们目前适合学的东西，以便像一位古人那样回答问题。有人问他垂垂老矣所学何用？那位古人回答说：学会更好更惬意地离开。

关于好女人

　　古往今来称得上好女人这个称呼的，众所周知，恐怕也就十几个。如果从婚姻责任方面来衡量的话，那就更少了。因为婚姻实在是个荆棘遍布的危险地。女人的问题在于观念很难保持终生不变；男人与女人相比，情况也许稍好一点，但是问题依然很多。

　　婚姻的关键之处和价值所在就是看它能持续多久，而且在持续的时间内是否充满甜蜜、忠诚与和谐。在我们这个时代，并不缺少一些表达强烈爱情的例子：丈夫去世后，女人悲痛欲绝，不失时机地向公众表达她一定会尽职尽责、恪守妇道的决心，似乎她爱丈夫爱得疯狂。可是这份姗姗来迟的表白，错过了时机，还有什么价值？似乎只能证明她们爱的是去世后的丈夫。

　　须知，人生充满了躁动，爱情的幻灭随时可见，艳遇的出现也是此起彼伏。

　　犹如父亲爱自己的子女，却总是不露言表；妻子们爱自己的丈夫也尽量婉约含蓄，以示尊敬，以合礼仪。但是我自己并不喜欢这种奇怪的做法。生前不见爱，死后痛哭表态又有何用？丈夫去世后，女人们会哭天抢地、捶胸顿足，甚至扯断头发、抓伤脸。我遇到这种情况，只会冷静地走到她们的仆从或者文书身边，凑到耳边悄声问："他们两人过去怎么样？一起生活得如何？"因为我知道有句名言：悲伤最轻的女人哭声最重。就我自己来看，她们那痛苦的容颜只能让活人厌恶，对死者却毫无用处。只要生前能够得到别人真诚的笑脸，那么死后即使别人笑，又何必挂怀？

假如有人在我活着的时候朝我脸上吐口水，死后却殷勤地来给我洗脚，这种假惺惺的举动除了让人恶心，还能有什么用？同样的道理，即使哀悼丈夫是一种荣誉，那么这荣誉也最应该颁发给那些给丈夫生前带来快乐的女人。至于那些在丈夫生前以泪水相对的女人，让她们在丈夫死后干脆身心都一起痛快吧。表面上含泪的眼睛，沙哑的嗓音，我们大可不必在意。因为稍加留意就可以发现黑纱下那自然的举止、鲜红的气色还有饱满的双颊。这些细节还不能说明一切问题吗？真正的伤心，健康必然受损——身体状况总是造不了假的。

所以说，死后的一切仪式一样的繁文缛节与其说是出自内心的伤痛，毋宁说是出于表演的需要——得到的比付出的多。

童年时候，我认识一位诚实而美丽的夫人（如今她依然安在），她是一位亲王的遗孀。由于孀居后她在衣饰上多穿了些什么东西不合规矩，有人就因此而责备她。然而她却如此回答："因为我已经不再结交新朋友，也没有再婚的想法。"

关于疾病

我一直在被重病折磨[1]，而且是最糟糕、最令人不备、最痛苦、最可怕、最无可救药的病。迄今发病已经五六次了，每次持续的时间都特别长，而且疼痛难忍。不过，只要我知道每次都能摆脱死亡的威胁，而且不必因医生展示出来的医学威胁、诊断结果、后遗症……而惴惴不安，就是在这种状态下，精神上我还是能够坚持得下去。或许是我的想法有点超然，但是事实上，病痛还是没有达到让人承受不了的剧烈程度，作为一个有自制能力的人还不至于因此而发狂，也不至于疼痛得完全绝望。

不管疾病多么疼痛难忍，我患肾绞痛以来至少获得了一个好处：它让我体会死亡，教会我认识死亡。而以往，我是不可能下决心去了解死亡、与死亡打交道的。越是重病在身、疼痛难忍，我越是觉得死亡反而没有那么可怕。不知道从什么时候开始，我有一个这样的想法：既然我活着，那么出于生存的本能也必须继续活下去。而患上肾绞痛以来，以往坚持活下去的念头被证实了。虽然这病给我剧痛，耗尽我的体力，但是上帝

---

[1] 蒙田四十五岁时患了肾绞痛。——译者注

最终并没有因此让我走上另一个极端，即：热爱生命，却宁愿死亡！

怕死和求死是两种让人担心的态度，不过二者里面求死比怕死更容易找到解脱的办法。

关于疼痛，有这么一种冠冕堂皇的对待它的办法：尽量忍受痛苦，尽量保持平静的态度，尽量保持优雅的举止。不过，我向来不以为然。如果说这是智者的态度，那么一向只关注本质和结果的哲学，怎么也关注起外在来了呢？演员和雄辩家倒十分注重他们的外在形象和行为举止，那就让他们去为外表操心吧。至于我们智者，应该接受重病中的人大声呻吟。这并不是发自内心的恐惧，也并非源于思考后的结果。这样的情况与身不由己的叹息、哭泣、激动或者脸色突变都属于同样的身体反应而已，智者，应该平等视之。只要内心不恐惧，语言中也没有显现出绝望与悲观，我们就不应该苛求什么。只要思想上处之泰然，那么即使痛得双臂乱舞，那又有什么要紧？我们应该养成这样的习惯，顺应人的天性，注重自己的内心，而不是别人的态度，讲究实事求是，而不是装腔作势。智者所追求的哲学，其任务是培养人们的智慧，而不是指导人们的行为举止。我的思想受哲学的引导，即使是在病痛的折磨下，也从未偏离正常的轨道，依然足够清醒。心，也在与肾绞痛做斗争，并未因疼痛而可耻地屈服。虽然因为这斗争我的心深受打击和震撼，但是意志从未被压垮。

而不管内心有什么想法，在如此剧烈的疼痛中，还要求我们保持若无其事的态度举止，那是一种残酷。只要我们的内心活动正常，即使脸色难看，又有什么影响？如果身体觉得活动才能舒服一些，那就应该让它随意扭曲、摆动。如果大声叫喊可以减少痛苦（有些医生就认为这样有助于孕妇顺利分娩），或者是能够转移对疼痛的注意力，那就让人喊个痛快。这并不是有意地大声呼喊，只是任由声音发出来而已。

伊壁鸠鲁就认为智慧的做法不仅容许疼痛时喊叫，还应该建议这样做。病痛的折磨已经够人受的了，何苦还为这些冗余的规则操心。我说这些话还为了给一些人辩解：他们在病痛的折磨下常常动辄大发雷霆。至于我自己，生病后直到目前为止，还能保持基本平静的神态。这并不是出于要面子的原因而尽量保持外表的优雅。我并不在乎这样做有什么好处。只是病痛怎么发作，我就怎么随之表现罢了。也许是我的病痛还未达到某种程度，也许是因为我的意志比一般人坚强一些。虽然疼痛难忍的时候我也呻吟，甚至也会发怒，但是还不至于像诗歌中描写的那样呼天喊地、哭爹叫娘，情绪和怒气都不能自已。

在最疼痛难忍的时候，我对自己也进行过一番内心考察。我发现即使那时，我也依然能够说话、思考，还可以像平时一样回答问题，只不过语言的连贯性有点差——那是受疼痛的干扰所致。在我最沮丧、家人也最迁就我的时候，我会努力地集中注意力主动跟他们谈些与当时状况无关的事。我发现基本上也是什么都能做到，只不过持续的时间不能太长。

哦，至于跟生病的西塞罗相比，我可就没有那么大的本事了。他幻想自己搂着一个少女，结果就发现把结石排到了床单上！我自己的结石却是让我对女人再也不感兴趣。

诚实与得体

　　源于私利和私心的怨恨与不满并不能称之为责任感，尽管我们总是那么做；而背叛与恶行，无论什么理由，也不能算是勇敢。对散发恶意和鼓吹暴力很热衷，看起来似乎是热衷于事业，实际上也不过是热衷于一己之私罢了。而叫嚣战争的一些人，也并非是因为自己站在正义方，只不过是因为战争就是战争而已，无法改变。

　　其实，即使是处于敌对的人们中间，也没有什么东西可以阻止我们行为诚实与得体。虽然在这种情况下，处理事情难免有一丝偏颇（感情自然会有程度上的差异），但是至少要有分寸，这样才不至于受一方约束，让其对你提出过分要求。即使是接受他们的好意，也应该适可而止，要保证自己虽然处于困境，却不至于浑水摸鱼。

　　当然，也有另一种做法：长袖善舞，全力为双方效力。这样做名义上公平，实际上既不审慎，又不道德。当你为了一方的利益而背叛另一方时，须知你在另一方也受到了礼遇，那么，凭什么这一方不知道你也会同样地背叛他们？虽然他们听你的话，但是也是在利用你，利用你的背叛行为，而且将你视为恶人。两面派自然会为他们带来些利益，不过要小心：他们给你的，都是尽量少的。

我对一个人所说的任何话，没有一句是不能在合适的时候讲给另一个人的，只是语气会略有变化而已。我向来只转述无关紧要的话，或者是众所周知的话，要么就是对双方都有益的话。没有什么功利目的可以让我对他们双方说假话。需要我保持缄默的事情，我自然会将其藏在心底。不过，我尽可能少地保留这样的秘密：保留王公贵族的秘密对于无意借此谋利的人来说绝非好事。我通常会对双方提出这样的建议：少托付给我什么，但请大胆相信我所说的任何话。

　　我知道的，总是比我想知道的多。

　　坦白的话总会引起另一番话，犹如美酒总是一杯接着一杯，爱情总是有缘必应。

　　对于秘密，历史上还有一个典故：

　　　　一位国王问一个喜剧演员："在我所有的一切中，你想让我给你什么？"演员很巧妙地回答说："随便您想给我什么，只要不是您的秘密就成。"

　　我发现每个人面临一种情况时都会十分不悦：有人需要你做某事，但又隐藏事情的真相或者是他私下真正的想法。然而对于我自己来说，如果有人托付给我什么事，除非必要，什么都不多说反而会让我觉得快慰：我不希望自己的所知多于所说、限制所说。即使我不得不充当别人行骗的工具，那最起码也要对得起自己的良心。我可不愿意当一个被宠爱、被视为忠诚的仆从——必要时却可以背叛他人。对自己都不真诚的人，背叛主人自然在情理之中。

论三种交往方式

一个人的性格与品位不应该固守不变。我们最重要的能力就在于能够因地制宜，随机应变。束缚于一种生活方式而无法改变，这仅仅是生存而已，算不上生活。越是杰出的人士，他们的生活越是丰富多彩，富于变化。

如果是我自己来决定自己的培养方式，那么，无论一种方式多么优越，我也绝不会固执不变地将其坚持到底，而不尝试其他的方式。生活是一种不规则的运动，充满变数，崎岖不平，但是也叠彩纷呈。对于个人的兴趣爱好一味顺从，从不尝试改变，这也是一种自我束缚。这样做的结果，使自己不再是自己的朋友，甚至变为自我的奴隶。我现在之所以说这些话，就是因为我自己也常常难以摆脱一些精神上的羁绊。我经常专注于某一件事情，某一个主题。一旦深陷其中，就再也难以自拔，而且动辄一件小事也都可以让我完全陷入这种状态。因此，对别人来讲的闲散，无所事事，对我反倒成为一种精神负担，甚至能够影响我的身体健康。大多数人需要外部事物，以此来锻炼大脑；我也需要外部事物，但目的却是——让自己平静下来，让大脑休息。因为我的大脑从事的是一项最让人费力的工作：研究我自己。对于我的大脑来说，阅读不过是让其暂时离开研究目标——我自己。当思考的时候，一些初步的想法刚一出现，大脑便会兴奋起来，跃跃欲试，想在多方面显示它的活力：它时而关注力量，时而关注秩序与优雅；它有时有节制，趋于平缓，有时却又固执狂热。大脑可以自行激发自己所有的功能。大自然赋予每一颗大脑以同样的素材，使它们能够有足够的主题去思索，去判断，去发展创新。

对于勇于探索自我、认识自我的人来说，冥想是一个成效显著且内容丰富的研究方法。对于我来说，我更愿塑造自己的心灵，而非将其填满。与自身的思想进行交流是一项最好的活动，没有任何其他的活动能够与其相比。尽管因人而异，每个人的思想有深有浅，交流的深度也各不相同。但是大人物无不以此为天职。对于他们，生活就是思考。而大自然也赋予思考以特殊的地位和独特的优势：它在人类所有活动中最普遍易行，又可以突破时间限制。所以亚里士多德才说："思考乃是具有神性的活动，无论是神，还是凡人，都可以从中获得至福。"阅读对我来说，就是为了寻找题材，促进思考，锻炼的是判断力而非记忆力。

缺乏活力与激情的谈话无法让我全神贯注。尽管优雅与美貌也可以引起我的注意力，占据我的身心，一如厚重与深沉一样，甚至超越后者。但是，由于我对平淡无奇的交谈总是心不在焉，所以就会漫不经心地出于礼节说出或者回答出一些空洞可笑的傻话，甚至连个孩子都不如。否则，我又会固执地缄默不语，这样会更显得愚笨，甚至失礼。常常胡思乱想的我，性格上趋于内向；另一方面，又对许多人情常理一窍不通，行为举止因此又显得幼稚。正是出于这两点，人们三番五次地把我当笑料来谈，把我说得简直幼稚可笑到了极点。

暂且继续这个令人不舒服的话题吧。我这种比较挑剔又不好相处的性格让我不善于处理人际关系——交往对象若非精心挑选，即使在普通场合，也总显得不合时宜。然而，我的命运是与成千上万的人相联系在一起的，无法分开。我没有刻意与他们相处，而去攀附一两个非自己交往能力所能及的人，这难道不是一种缥缈虚无的欲望，或者说是一种自己的愚蠢癖好吗？我生性温和，这本是一切粗陋乖僻的反面，本可以让我轻易地免受敌意和憎恶——我并没有说是受到爱戴。在这方面，应该说我的条件是得天独厚的。然而，事与愿违，由于我在公众场合总是态度冷淡，一些人也就自然而然地对我失去好感，无可厚非地报之以另外的看法，甚至是尽量往坏处想。

我很善于寻获与维持世间少有而高雅的友谊，因为我对于志趣相投的朋友一向求之若渴，且视若珍宝。而对于泛泛之交，我就相当地冷淡和迟疑。在别人面前倘若不能袒露性情，我的举止就会免不了木讷与呆滞。更何况，在我年轻的时候，命运已经让我有机缘获得一份绝无仅有、完美无瑕的友谊。这份友谊先入为主，使我对于其他的交情从此心存疑虑。除此之外，我还牢记一位智者的话：友谊乃终生的陪伴，并非一时之聚。而且，我在与人交往时，很难做到世俗友谊所要求的那样既能彼此交心，侃侃而谈，又能心存疑虑、留有余地。现在，人们更是告诫我们：谈论他人时若说真话，不是犯错误，便是冒风险。

如果像我一样，追求的是生活的精致（我指的是本质上的精致），那就应该像躲避瘟疫一样远离性格上的孤僻与难以相处。我特别欣赏那种性格有多个层面的人。他们能屈能伸，能够随机应变，随遇而安，凡是行迹与住所所到之处都能与邻居侃侃而谈，谈房子，谈打猎，甚至谈一些争端、纠纷。同时他们也能够与木匠、园丁们开心地聊天。我非常羡慕那些对待随从态度温和，能够与他们相处融洽的人。

柏拉图的一些话我不敢苟同。他认为仆人们无论男女，在跟他们谈话时都必须权威严厉，不能开玩笑，不能显露亲密；对待男女仆人要像对待雄性、雌性的动物一样。对此，除了上文我说的理由之外，我还认为：对于命运所造成的这种地位悬殊的主仆关系过分强调，既不人道，也不公正。

有人千方百计地将自己的思想拔高、升华，我却宁可让其降低，变得朴实无华。因为缺陷与罪恶正是在夸大其才的时候才会显露出来。

正如斯达巴人的骁勇好战需要中和一样，他们在战场上用柔和悠扬的笛声来安抚情绪，以避免士兵们过分暴躁和鲁莽行事；而其他国家的军队为了鼓励和刺激士气，通常采用的是尖利和高亢的音乐。同样的道理，与普通的观点相反，我认为我们之中的大多数人好比斯巴达人，更需要的是收敛，而非张扬；更缺少的是冷静与平和，而非激情与躁动。对不懂的人卖弄学识，故作博学高雅，在我看来，这正是浅薄与愚蠢的表现。应该放下身架，接近对方，有时甚至还需装作无知。暂且将实力与精明都抛掷一旁吧。如果他们愿意，在普通的场合你只需要运用一般的能力也就足够。所以，无妨将自己的水平故意放至很低，直到对方能够理解的高度。

饱学之士总是在这个问题上触礁。他们总是乐于炫耀自己的博大深沉，还到处传播自己的书。如今，就连深闺中的女子对他们的才学也深有所闻。她们即使领略不到什么这些学者们思想的精髓，最起码也知道他们的口才与风采。于是乎，对于各种问题和题材，不管是如何的浅显、通俗，她们都会采用时新的学究式的口吻与笔调来讨论、论述。对于任何人都能证明的事情，她们却动辄就是柏拉图、圣托马斯……学问还没有进入她们的头脑，却已经被卖弄于她们的口舌之间。

如果聪慧的女子能够听进去我的话，她们只需要挖掘自己本身所具有的天然"财富"即可。然而，她们却以外来的美掩盖、遮蔽了自己的天生丽质。用借来的光彩遮掩自己本来的光辉，这是一种何等的无知。可以说，由于对自己的了解不够，她们完全被化妆盒给掩埋了……她们自己才是世界上最珍贵的上天所赐，是艺术的灵感，是衬托物的中心。除了接受爱恋与赞美，她们还需要别的东西么？她们在这方面具备足够的条件，也了解足够的知识。她们所需要的，仅仅是唤醒和激发出自己本身就已经具有的才华。每当我看到她们沉浸于什么修辞、法律、逻辑……以及如此种种的大而无用、华而不实的东西时，我真的有点担心——那些建议她们学习这些东西的男人，不过是找个借口来控制她们而已。因为我实在找不到他们的其他理由。她们只需要凭借自己的本能便足够了，并不需要我们。她们可以在接受的时候用眼神来表达欢快、严肃或者温柔，也可以在拒绝的时候来表达坚定、疑问或者好意。她们需要做的仅仅是不要深究那些别人刻意逢迎的语言而已。仅凭这一点，她们就可以指点别人，甚至指导学派和那些所谓的导师。然而，如果她们在任何方面都不想比我们逊色，而且出于好奇心又想读书的话，那诗歌倒是一个不错的选择。这是一门与她们相似的艺术：轻盈，灵巧，富有美感，怡情，抒情，恰似聪慧漂亮的女子。此外，也可以从史书中寻求消遣。至于哲学，有关生活方面的知识也可以为她们所用。从而可以学习判断我们男人的性情与行为，学会防止我们的背叛，控制自己的欲望，珍惜所拥有的自由，充分享受生活的乐趣。从哲学中，还可以学到如何人道地对待不忠诚的仆人，宽容地面对一个粗鲁的丈夫，从容地看待一切令人不快的事物，比如年龄，比如皱纹……这些就是我所建议给她们的所有学术了。

有些人本性内向，与众不同也与众不合。我完全相反，喜欢交流，也喜欢表达，生性就达观外向，直爽好客，爱与人交，也看重友谊。但是我也提倡孤独，喜欢孤独。不过我所提倡、喜欢的孤独是那种收拢感情与思想的孤独，并非禁锢自己的身体，而是要遏制自己的欲望与忧虑，放弃对外部世界刺激的关心，彻底躲开那些烦人的差事与义务。与其说是逃离人群，倒不如说是逃离那成堆恼人的事务。老实说，独处更能开拓我的思维和视野：独处的时候，更容易沉浸到对国家大事以及所有外部事物的思考中；越是独处，越乐于思考这些事情。然而在卢浮宫里，或者是大庭广众之下，我有一种紧缚感，浑身不自在。人群会让我爆发，以挣脱这种紧缚感；越是在庄严、肃静的场合，我越表现得张狂与放纵，无所顾忌。我个人并不觉得疯狂可笑，相反，是那些所谓的智慧才值得嘲笑。性格上来说，我并不讨厌宫廷中那种喧闹，我曾经在那里度过一段岁月，也习惯与一些大人物结伴而行——不过，这只能是偶尔为之，而且不能妨碍我自己的生活。然而没有什么见解的谈话与交流还不如独处。因此，哪怕是在我家，一个成员众多，宾客如流的地方，在我心中也没有几个值得交心的人。所以，不仅为了我自己，也为了他人着想，在我家里大家都保留有罕见的自由。一切繁文缛节都尽量避免，无论是相伴相随，还是分别相送，那些规矩、礼仪都一概免了。（恼人而无用的礼节又有何用？）在这里，每个人都可以按照自己的想法行事，所说所做都悉听尊便。而我自己，也尽量不干涉他们，乐得自由的独处，客人们自然也不会感到不自在。

我最喜欢与之结交的人，是那些人们认为"真诚"与"智慧"的人。与这样的人交往以后，就对其他的人再也不感兴趣了。因为他们的处事方式正是世间最珍贵，也很罕见的那种：自然而然。与他们交往，最后的结果一定是越来越亲密，越来越相见频繁，共同语言越来越多，除了心智的锻炼，没有其他任何不应该有的后果。与他们谈话的时候，什么话题都无所顾忌，也无须挑剔，不用在意是否有深度和力度——优雅与恰如其分总是在自觉不自觉间贯穿于所有的语言。无论是睿智坚定的判断，还是袒露心扉的善意，以及充满喜悦的友情，在与他们的谈话中都能深深地感觉到。思想的力与美，并非只在国家大事与论辩相争中才能体现，在私下的谈话中也能展现出来。我从人们的沉默或者微笑中即能看出谁与我投缘；而与会议相比，我认为餐桌上的闲谈更能了解一个人。剑术师易博马曾经说过：从一个人在街上行走的姿势就可以看出他是否是一个优秀的剑客。我认为他的话非常有道理。当然在我们的闲谈中，假若聊到了学术，当然也不会回避。这时的学术只是谈资，用来消遣时间而已。

既不高高在上，也不高深莫测，这才应该是我们交往的常态。倘若需要以学术来教育世人，或者是开坛布道，我们自然会去学术殿堂。在我们这里，暂且让学术屈尊俯就吧。虽然学术高深精妙，用处很广且吸引力很强，但是就我看来，在某些情况下，没有它，我们也照样可以过得很好。天生的美好心灵，加上后天的生活实践，本身就可以让一个人内心平静，身心愉悦。而艺术，只不过是这种心灵对世界的观察与记录而已。

　　与秀外慧中的美貌女子交往对我来说也是美事一桩。尽管与第一种交往方式相比，心灵上的愉悦不可同日而语，但是这种交往的过程中，身体感官却能获得差不多类似的愉悦。不过这种交往还是要注意，必须小心对待——尤其是那些跟我一样感官难于控制的人。年少时，我曾遭遇过不幸，承受过诗人笔下那种可以将人吞噬的情火的煎熬。那个深刻的教训，给我以后的人生狠狠地上了一课。

　　没有节制、狂热无度的恋人与疯子的行为没有什么两样。但是另一方面，假如没有真心实意，没有真情实感，如同演员那样扮演一个惯常角色，一切都靠口头来表达……这样的恋人虽然稳妥，但终难摆脱懦夫的形象。这就跟害怕危险而放弃自己的荣耀、利益与享受的那种男人一样。以这样的姿态与女子交往，定然不会给一颗高尚的心灵带来什么欣慰与满足。我认为：如果真要品尝爱情的滋味，那就必须经历那种苦苦追求、渴望得到的过程。虽然我也知道命运常常不公，总是偏爱那些我提到过的把爱情当游戏的人。

　　所以，女人总是那么轻易地就相信一个男子对她的表白，对她表示的忠心。而面对当今男人轻易随便地背信弃义，习以为常地背叛爱情，女人们也不是没有对策。所以我们才看到：女人们宁愿退缩到闺房，躲避于同性之间，远离我们这些男人；或者相反，她们也把爱情当游戏，随便扮演一个什么角色，没有激情，没有心，没有爱。她们听从柏拉图的书中吕西阿斯的意见：女人要钟情于男人，但是要永远比他们钟情于女人少一点才行。

这有点像戏剧演出一样：观众得到的快乐与演员一样多，或者更多。

至于我，我觉得没有小朱庇特就没有维纳斯，成熟总是伴随着顽劣而日渐形成。不仅是人，万事万物莫不如此：相互影响，相互依存。因此欺骗总会招致后果。也许后果并不是很严重，但是欺骗本身肯定也不会带来什么有价值的东西。敬奉爱神维纳斯的人所看到的最重要的美，并非肉体，而是精神。然而那些把肉体当成女神最重要的美的人，不仅丧失了人性，恐怕连野兽都不如。因为野兽也不会那么僵化和激烈。我们可以看到那样的人在肉体之欢之前已经被想象和欲望不断地撩拨和刺激，男男女女在表现感情时也会有选择、有区别，也会将这段激情保持一长段时间。对于他们，即使年老色衰也会忘记身体上的虚弱，从而为他们所谓的爱情而颤抖，而激动不已。

跟那些不会高看我的人一样，我也来谈谈自己年少时候的荒唐事吧。出于躲避对身体的危害（由于冒失，我曾经两度染病，虽然病情不是很严重，也没有拖多久），更是出于鄙视，我几乎从不与欢场女子交往。为了更好地享受爱情，我更愿意通过克服困难，历经期待和争取荣耀来获得它。我喜欢罗马皇帝提比略的做法：为了获得爱情，除了谦逊与高贵，也不会忌讳其他的任何方式。我也喜欢名媛芙洛花的任性张扬：想倒在她石榴裙下的男子起码必须是独裁者、执政官或监察官——她以情人的显赫地位为一大享受。毋庸置疑，珠宝、锦缎都使男人更有魅力；而头衔、侍从当然也不例外。对于我来说，我很看重精神之美，然而身体的参与也绝不可忽略。而且，说句老实话：如果精神之美与身体之美不能兼得的话，我宁愿舍弃精神——因为它自然有更重要的场合去展现。而情爱这个主题更需要的是视觉和触觉。缺少精神上的优雅尚可差强人意，缺了身体之美却会无从谈起。美貌真的是一个女子无可替代的优势，是上天专门赐给她们的。男性之美虽然也存在，但是跟女性的美貌比起来，只有童年或青少年的时候方才值得一比。传说土耳其国王偏爱美貌的男子做仆人，然而这些仆人顶多到二十二岁也就被辞退了。

理性的思想、审慎的作风，以及对友谊的慷慨负责，这些才是男人做得更好的领域。也正因为这些特点，他们才掌管着这个世界的大事。

上述两种交往方式都是随机的，而且取决于他人。一种是难于寻觅，世所罕见；另一种会随着时间的流逝而变淡褪色。因此都不能满足我一生的需要。除此之外，还有第三种交往方式：与书籍打交道。书籍虽无前两种交往的优点，但是简单便利，而且历久弥新。与书籍的交往贯穿了我的一生，而且处处都给予我帮助。年老孤独时，它们是我的慰藉；无聊沉闷时，它们给我轻松。平时它们还能将我从繁杂琐事中抽身，摆脱烦恼。它们甚至还可以减缓疼痛——除非是疼痛到了自己无法忍受的地步。如果要排遣一个烦人的念头，我只需要几本书即可。书籍很容易吸引我的注意力，让我轻易获得解脱。况且，经常当我在找不到其他更有效、更有趣、更自然的消遣方式时，返身回到书籍旁边，它们也丝毫不会生气，对我依然是和颜悦色。

俗话说：缰绳在手，步行不发愁。那不勒斯和西西里岛的年轻国王雅克英俊、健康，旅行时却故意只让仆从用简单的"担架"抬着——上面的羽毛枕头也粗糙，而他身上穿的也只是灰色的粗布袍，头上戴的也是灰色粗布帽。然而，与他同行的王室随从浩浩荡荡，各色贵族、各等仆从，还有各式的驮轿，以及各样的骏马。这一切让他故意保持的艰苦朴素的形象显得那么肤浅脆弱、不堪一击。"痊愈在眼前，病人无须怜。"这句格言在实践中非常在理，而我从书本中得到的知识也是如此。与不翻书本的人相比，其实我利用书的情况也并没有多多少——更重要的是在享受书籍，从书本中得到快乐。这就像吝啬鬼看待自己的财宝一样：只要知道自己随时随地都可以使用就心满意足，并不在乎用的过程。这也是书本给人的另一种享受：因拥有而感到快乐和满足。无论是战争年代，还是和平岁月，旅途中我都不得无书。不过，有时也是几天，甚至几个月都不看一个字。我是这样想的："也许马上，也许明天，想看时，自然会看。"光阴荏苒，有书相伴，从不觉时间对人生的摧残。只要想到书籍就在身边，随时都可以从中得到乐趣，从中得到帮助，一种惬意与平静油然而生于心间。书籍真的是人生旅途中最佳生活伴侣、最美精神食粮。一些聪明人不知道这一点，真为他们感到惋惜。之所以我能很快地接受其他消遣时日的方式，无论它们多么肤浅无聊，正是因为心中知道：书籍永远在身边。

与旅途相比，我在家时读书更多，常常一进书房就懒得出来——家中一切事物我都是在书房中安排打理。我的书房位于入口的前厅之上，可以将家中的花园、马厩、后院一览无余，其他大部分地方也不在话下。书房中的书，我都是信手拈来，既无规律，也无章法。书中的内容我也是挑着看，一些段落互不相干。看书时，时而沉思冥想，时而在漫步中口授或者自己写下一些感想。这本随笔也就是因此而形成。

我的书房在塔楼的四楼。二楼是我的小礼拜堂，三楼是一间卧室和起居室——为求独处，我常常在那里过夜。书房的上面还有一个大储衣室——以前这里是家中最闲置的地方。我人生中的大部分时间都是在书房中度过，一天中的大部分时间也是在那里，除了夜晚。书房的旁边是个非常考究的小房间，冬天可以生火取暖，窗户也敞亮，光线充足，非常舒适。如果不是害怕麻烦（施工会大兴土木）、担心花费，我完全可以再修一个与书房等高的回廊。因为墙壁都已经砌好，虽然本来是做其他用途，但是高度正好可以满足这一要求。即使归隐，也需要一个漫步的地方。我一旦坐下来，思路就不畅通。只有双腿活动起来，大脑才会跟着活跃起来。凡是以书为乐，而不靠书本来搞研究的人都是这样的。

我的书房呈圆形，只有在放置桌椅的地方才是平直的样子。环顾这弧形的书墙，分隔为五层的书籍可以一览无余。书房三面有窗，不仅内部空间宽敞，窗外也视野开阔，景致优美。冬天我在书房逗留的时间较短，因为顾名思义我的姓氏"Montaigne（蒙田）"本就是山丘的意思，所以我的房子自然是在山上，而书房最为招风，这时就很不方便。不过，我更喜欢书房的偏僻与来往不便，因为无论是对做事的效率还是对外界喧闹的躲避来说，这都很实用。

　　书房就是我的自在天地。这里我掌握全权，支配一切，小小一隅不受任何夫妻、父子、亲友之间来往的影响。在其他地方，我的权威只是在口头上而已，实际上并不那么有效。有些人即使在自己家里也是身不由己，备受人来人往的叨扰，甚至于无处藏身。在我看来，这是多么可怜！野心是要付出代价的，终日抛头露面与市场上的雕像何异！连个僻静的去处都没有。说到僻静，修士们的生活中有一条我觉得也难以忍受，即：永远群居，做任何事情都必须有他人在场。我自己认为哪怕众神离群索居也比一辈子无法独处好。

　　如果有人对我说将诗书仅当成玩具、消遣是对诗神的侮辱，那么说这话的人一定不懂快乐、游戏与消遣的价值。甚至我要说：除了快乐、游戏与消遣，其他一切目的都是滑稽可笑的。我的人生是过一天是一天，而且恕我直言：我只是为我自己而活着——人生所做一切仅限于此。年少时，我曾为了炫耀而学习，随着年岁渐长，是为了增加学识。如今，我是为了自娱而读书——从不曾有过任何谋利的目的。从前我还有过虚荣而奢靡的嗜好，以书来充门面，不是为了满足需要，而是为了装饰美观。不过，这种恶习，我早已放弃。

　　如果善于选择，书籍自然有许多令人喜爱的优点，但也并非没有代价。读书与其他事物相比在这一点上没有多大区别：带来的不仅有乐趣，还有它本身的缺陷。读书带来的缺陷还不小，比如读书虽然使精神得到锻炼，但是身体在阅读的过程中却难以舒畅，甚至会使人陷于委顿衰弱。还好，我并没有因此而忘记身体。暮年时，无论是对己还是对人，最严重的危害莫过于读书而不加以节制。这一点，应该尽量避免。

　　以上便是我个人最喜欢的三种交往活动。至于其他出于礼节需要而为他人进行的活动，我就不再一一赘述。

运气与价值

看看城里谁最有权势，谁最才华出众？通常你发现这些人偏偏是些最没有学识的人。甚至还有这样的情况：一些女人、儿童、疯子治理起大国来倒不比最优秀的国王差。因此才有了古希腊历史学家修昔底德的话：在成功治理国家这方面，粗鲁的人总是比精明的人还多。我们将他们的运气归结为他们的审慎。

有人可能因为运气而扶摇直上，但是结果却是大家都夸耀他才智过人。因此我无论如何都要说：事情的结果并不是我们价值和品质的好证据。

在这一点上，我只需举出一个突然青云直上的人的例子即可。三天前认识他时，他还是个无足轻重的人，然而不知不觉之间，他的形象却在我们的印象中变得越来越高大伟岸起来。更奇妙的是，我们居然将他的所得与他的才干挂起钩来。我们对他的判断标准并不是他的价值，而是筹码，以及他手中的权势地位。

然而运气也有改向的时候。他一朝从高位上摔下来，再度沦为小人物的时候，大家又都开始面面相觑，不明白过去是出于什么原因将他看得那么高。"这是他吗？""在台上的时候他也就这点本事？""王公贵族这么容易当？""原来我们就是被操纵在这样的人手上。"……

在这个时代，这样的例子不胜枚举。舞台上的一个高贵面具也可以将我们打动，把我们欺骗。我自己最钦佩君主们的地方是：他们拥有一大批膜拜者！所有的曲意顺从与毕恭毕敬都属于他们，只有智慧才不向他们低头。

对于我来说，习惯于弯曲的只是我的双膝，从不包括我的理性。

推陈未必出新

国家内战频仍，我和周围的人都深受其害。面对这个混乱失序、民不聊生、盗贼四起的社会，大家都一筹莫展。不过，老实说，这个国家居然还一直持续了下来，这真的是堪称奇迹。

从我们国家的例子可以看出来：人类社会只要付出一定的代价都能够自行组织起来。盘子中的东西，一旦放进去了，就不管是折叠也好、挤压也罢，最终总能拼凑成形。而人与之类似，一个社会中的人哪怕是毫无规则的集中在一起，经过倾轧、排挤、攻占、躲藏……种种没有目的的折腾之后，每个人最终都会找到自己合适的位置，比人为的精心安排还要好。马其顿国王菲利普就曾经把最穷凶极恶、最怙恶不悛的人集中在一起，专门给他们筑一座城，并以这些人的特征为城市命名。我认为这些恶人以他们的恶出发最终也建立起合适的政治体制，还建设成一个井然有序的、适合他们生活的社会。

我曾见过一种可怕行为，最初是偶然，然后是两三次、上百次，最终居然成为大家可以接受的风俗习惯。而这样的风俗习惯举不胜举。形成这些习惯的行为野蛮、粗俗、不人道，想起来就厌恶，简直是恶中极品。然而，这些丑恶行为与错误和放纵一样，具有可观的生命力和影响力。出于必要，人们走到一起，聚在一处。偶然的结合逐渐衍生出风俗法则。有些法则反映了人类思想中最野蛮鄙陋的一面，但是却能长久不衰，其寿命和影响力甚至不亚于柏拉图和亚里士多德所定的法则。

那些没有根据的，只是从理论上凭空臆想出来的政治模式荒谬可笑，根本不可能实施。而与之对应的，那些关于理想的社会模式和完美的人类组织规范的争论，不管已经持续了多么久，也终究只是纸上谈兵，仅仅能够锻炼我们的大脑罢了。它们就好比"自由艺术"中的某些主题，只适合辩论一下，并没有任何生命力。对政府构造进行的这些新思想，只能是在全新的社会中。然而，当今的人们已经适应了现有的社会形式和已经存在的风俗习惯。我们无法像皮拉[1]和卡德摩斯[2]那样造出新的人类来。我们也许可以对人进行改造，以新的方式来培训他们。但是不管是什么办法，让现在的人们改掉他们原有的习惯，很有可能就会对社会造成很大的破坏。所以才有了索伦的典故：有人问他是否已竭尽全力帮助雅典人制定出最好的法律，他回答说："是的，最起码是他们所能接受的最好的法律。"

罗马学者和作家瓦罗也曾以类似的理由为自己辩解：如果是在宗教起源的时候著书立说，他一定写出自己的真实的想

---

[1] 古希腊神话人物。洪水淹没所有人类时，只有她和丈夫乘坐小船逃了出来，幸免于难。二人之后在神的帮助下，向地上抛掷石子。石子中生出新的人来。用这种办法，他们重新创造了人类。

[2] 古希腊神话人物。为了建造底比斯城，他与盘踞在那里的恶龙进行搏斗，并杀死了恶龙。之后根据神谕，他将龙牙种在土里，长出来很多武士。武士们相互厮杀，最终只剩下五名。这五名武士帮助卡德摩斯建造底比斯城，并分别成为该城最大的五家名门望族的祖先。

法。但是宗教现在已经得到了民众的认可而且已经定型，那他就只好按照习俗来写，而不是事情的本质。

一种政体只要能够维护、延续一个民族的生存繁衍，那它就已经是最优秀的政体。这不只是一种看法，而且是显而易见的事实。一个国家的治理取决于民众的习惯，无论是治理的形式还是治理的效果。我们一般都不会满足于现状。但是我认为：在一个民主国家内实行少数寡头统治，或者是在王权国家换一种统治方式，都是错误而且疯狂的。

"爱国就是爱其现状"，倍受尊敬的德·匹布拉克就是如此认为。可惜的是，我们刚刚失去了他。既是法官又是诗人的他，品德何其高尚，思想何其深邃，性格何其平易近人！祸不单行，失去他的同时，我们还失去德·富瓦先生。这两位哲人的去世给王室带来极大的损失。既正直又英明的这两位加斯科涅人为王室出谋划策，呕心沥血，真不知道在当今法国还有谁可以替代他们！这两位都是国家的精英，虽然每个人的表现方式各不一样，但是在这个世纪都是平凡之辈难能望其项背的杰出人物。可是多么不幸，他们被投到我们这个时代来！他们的高贵品格与我们身边的贪污腐败、动乱不堪是多么的格格不入！

一个国家最难于承受的莫过于革新：变化本身就会带来不公和霸权。一座建筑物的某一部分松动的时候，可以进行专门的加固，轻微的改变和自然的腐朽都不是大问题，原有的基础不会走样。然而，要是推倒这么一座建筑物，重新换地基，则好比有人为画清除灰尘，结果却将作品给抹掉了色彩。又好比为纠小错，导致全局混乱；为治疾病，却将病人治死。改换政权的形式与摧毁一个政权没有多大分别。

当下的社会已经无力自行恢复健康的面貌，但是急于革旧鼎新的人并未考虑到社会变革将要付出多么大的代价。千百个经验告诉我们：一个病人的康复往往意味着种种代价，仅仅除去当前的疾病，没有整体状况的好转，仍旧称不上康复。

外科医生以手术去除有病的肌体，这只是医疗过程的一个环节，而不是医疗的目的。医生的目标更为长远：让患处重新长出健康的肌体，而且能够恢复原来的功能。仅仅切除病体并不等于医疗成功，因为"推陈未必出新"，旧疾刚去，也许还会有更重的新病继之而来。罗马帝国曾经有人看不惯恺撒的统治而将其刺杀，然而没有了恺撒的罗马帝国并没有变得更好，反而混乱一团糟。即使那些刺杀恺撒的人事后也感到后悔——自忖不应该插手政治。这样的例子还有很多，然而时至今日，同样的剧本依然在不断重演——如今的法国人在这方面可算是经验丰富。凡是重大的动乱都会动摇国本，并将社会推入混乱的深渊。

无论是谁想匡扶社会、改良国家，只要在行动前略加思考，那他的热情就不会还那么高昂。关于革命式的做法，卡拉维尤斯曾经以一个出色的行动来证明其错误性。他在卡普城中的同胞们曾经揭竿而起要推翻他们的立法官员。而卡拉维尤斯本人是城中一个权势显赫的大人物。终于有一天，他设法将元老院的议员们全部关在了王宫中，接下来又将民众召集到公共广场上，并向他们宣布：长期压迫人们的专制者都被困在他手中，手无寸铁，而且无人帮助、响应，现在可以任由人民摆布，谁都可以尽情地申冤报仇。人们决定按照抽签顺序一一审判，审判的结果当场进行公示，随后对罪犯现场施以刑罚。但是出于法律需要，每一个被判罪的议员都必须由一位贤明之士来取代，以免出现职位空缺。刚一宣布一个议员的名字，民众立即异口同声地声讨他。卡拉维尤斯于是说："很好，这是个恶人，理应撤职。咱们另请高明，选一个人来代替他。"他的话声一落，广场上居然鸦雀无声，人们面面相觑，不知道该推举谁。终于有一个人比较大胆，说出了自己想推举的人选。然而人群中随即爆发出响亮的反对声——这个人的种种缺点也被一一揭露。此外民众们还举出了各种反对他当选的理由，当然也有少量的支持者，于是众说纷纭，现场一片混乱。当宣布第二个议员时，又是同样的矛盾意见，第三个亦如是：反对新人选的民众与支持惩罚旧议员的民众同样多。骚乱之后，没有任何结果，最后人们居然一一慢慢地退场——脑中都是同样的结论：原来熟悉的恶人恶事总比新近的、未经历过的更容易忍受些。

人生如戏

在我们的生活中，大部分职业都带有演戏的味道。因此古罗马作家就有人说过"世界如舞台"。我们每个人都应该把自己的角色演好，但是必须按照"剧本"来演。面具与外表不能当成真实存在，身外之物也不是自己本身所有。我们并不懂得如何将皮肤与衬衣区别开来。涂脂抹粉已经足够，千万别将心也蒙上一层东西。我见过一些人，他们随着自己职务的变化神气和举止也都不同。职务不仅带回了家中，甚至直入五脏六腑，就连如厕也印上了职务的标签。我无法让他们学会区别：他们得到的敬意究竟是出于自身，还是出于自己的职位，甚至是他们的仆从、排场以及他们的骡子和马。"高官厚禄让人忘乎所以"，这些人随着自己官位的升迁，就会觉得自己的思想也随之有了深度，自己的平庸言谈也成了金玉良言。

蒙田市长和蒙田本人总是两回事，二者的区别泾渭分明。若想成为律师或者财政官员，就不能忽视职业中狡诈欺骗的存在。正直的人不必为其职业上的坏事、蠢事负责，更不必因此就拒绝从事这个职业。国家的习俗规则如此，各人从中也都能获利。生活必须要"入世"，而且要学会利用、适应社会。但是一个帝王的判断力必须在他的帝国民众之上，而且要将这份职业当成临时的身外物。另外，职位外的他也应该善于自我调节、享受人生，像平常人张三李四那样思考——至少不会欺骗自己的内心。

淡然生死

　　如何正视将来必将面临的死亡需要长期保持坚定的态度，因此并非易事。然而既然你不懂得何为死亡，那就无须为此而忧虑。大自然总会在合适的时候向你提供充分而详细的信息，也会让你准确地完成此项任务。所以，你大可不必为此而寝食难安。长期担惊受怕还不如横遭不测呢。

　　我们向来因太过于担心死，从而扰乱了生；太过于关心生，又扰乱了死。生，总让我们有烦恼；而死，却让我们充满恐惧。其实我们无须对死做任何准备，死，不过是一瞬间的事情。只需一刻钟普通的痛苦，没有什么后果，也造不成什么伤害，死就已经成既定事实，没有必要做特别的准备。之所以我们做准备，并非是针对死，而是针对死亡带来的恐惧。哲人叮嘱我们眼中要时刻看到死亡，要预见它何时会降临，从而在这之前做一番认真的思考。他们还把死亡规则和预防措施告诉我们——这样，无论是预测死亡，还是思考死亡，都不会给我们带来困扰和伤害。

　　医生的做法与哲人相似。他们把我们置于疾病的境地，从而具有了施药和运用医术的对象。如果我们还不了解生，那么教我们如何面对死，如何结束一切，这是不公平的。相反，如果我们已经了解生，已经懂得坚定、平静地活着，那么我们自然会以同样的态度来面对死。

不过，在我看来，很明显死只是生的尽头，而不是目的；只是生的结束，而不是主题。活着自然应该有自身的目标和设想。生活中的正当追求离不开自我调节、自我引导和自我宽恕。这一生活之道的总章和主题中还有其他很多章节——其中包含了死亡这个章节。如果不是对于死亡的恐惧给死亡增加了沉重的分量，死亡本该是生命总章中最轻松的一个章节。

恺撒对于死亡曾有独特的见解：意想不到的死亡是最幸福、最轻松的死亡方式。

相似与相异

　　任何欲望都没有渴求知识那么自然。为了得到知识，任何有效的方法我们都会尝试。当理性要求我们的时候，我们也会借助经验。尽管这是一种非常脆弱而且低劣的方法。但是真理如此伟大，以至于我们无法轻视任何可以认识它的途径。

　　理性的种类如此繁多，因此我们并不知道该采取哪种。当然，经验的种类也不亚于此。而从各种现实当中吸取经验也并非易事，因为每一件事都不相同。从纷繁复杂、变化无穷的具体事物中抽取一条放之四海而皆准的结论，绝非易事。即使能够得出这样的结论，其性质恐怕也经不起推敲。以相似性举例：希腊人、罗马人，还有我们就像鸡蛋一样难以区别；然而有些人（德尔福地区就有这么一位）就能将鸡蛋都一一分辨出来，不用比较就能看出来每一枚鸡蛋的特点。有些母鸡也可以从众多鸡蛋中挑出自己的蛋。同样的道理，在我们的艺术品中从未有完全相同的作品，谁也无法复制出完全相同的作品来。因为相异性就包含在相似性里面。再高超的技术工人也无法制作出从背面完全无法分辨的牌。只要在玩家的手上转来转去，就一定有人可以从背面辨认出每一张牌。有相似性存在的地方，就存在相异性。大自然就像被迫似的，从未创造出完全相同的事物。

人之常情

伊索，这位伟人，在看到自己的老师一边散步一边撒尿的时候，不由得说："那么，我们还应该一边跑步，一边拉屎？"

安排好时间吧，其实我们还有很多空闲自由、使用不当的时间。我们的精神自然是不需要任何休息，然而身体需要少许的空闲时间以满足生存需要。

有些人想摆脱身体的束缚，超越人类。这真是疯狂之举。这样做的后果，不仅成不了天使，而且会等同于牲畜；不但拔高不了自己，反而会跌入低谷。这种自我拔高的想法向来让我害怕，犹如无法攀越的高峰总是让人生畏一样。苏格拉底生活中的一切我都可以接受——除了他的"灵魂出窍"和神通鬼神。而柏拉图之所以被称为圣人，则是因为他的一生更富有人情味。在我们的诸多学问中，我认为那些最玄乎其玄的学问才是最平凡、最庸俗的。亚历山大不论多么伟大，他关于自己长生不死的想法在我看来就是跟凡夫俗子无异。据说神谕将亚历山大列入不朽者行列，因此费罗塔斯专门向其致函祝贺。不过他使用的是讽刺的语气来跟这位皇帝开玩笑："就此事来讲，我十分为您感到高兴、自豪。不过，普通人就太可怜了。他们今后要跟一位超越人类、异于常规的人生活在一起，还要服从他……"

　　雅典人在庆贺庞培入雅典城的时候，曾经刻下一道箴言。它最能表达我的看法：

　　　　自认为人，方能成神。

　　懂得优雅得体地享受生活，这才是人最高尚，最完美的品德。

　　生活中我们却在不懂得利用自身条件时，反而去追求其他；在不了解自己内心的时候，反而去超越自我。即使我们踩在高跷上，那又有什么用？不管增高了多少，我们仍需运用双腿才能走路。即使是全世界最大的宝座，能坐稳，还不是靠屁股？

　　我觉得，最完美的生活，就是不违背人之常情，随心所欲但不逾矩。

坦然生活

跳舞的时候我便专心跳舞，睡觉的时候我则安稳睡觉。即使一个人在花园中散步时思绪一时飘到与散步无关的事情上去，我也会尽快收回思绪，让自己想想花园，体会一下独处的愉悦，还有思考自己。仁慈的大自然遵循着如此规则：它让我们为满足自身需要而进行的活动同时也给我们带来乐趣。比如饮食、睡眠、性爱，既能满足我们人类生存、繁衍的需要，也给人们带来无穷的快乐。大自然之所以推动我们这样做，不仅是为了满足我们理性的需要，同时也是满足欲望的诉求。破坏大自然的这一规律，也就是违背了情理。

我知道恺撒和亚历山大即使在最繁忙的时候，也会充分享受自然的、必需的、正当的生活乐趣。对此我还想说：这并不是为了使精神松懈，相反，而是为了增强精神的力量——让激烈的活动、艰深的思考服从于一般的生活必须有足够的大智大勇。他们认为：享受生活乐趣才是人正常的活动，而其他则是非常的活动。他们能够持这种态度，何其明智！

而我们，则是些蠢夫俗子。我们念叨着："这个人一辈子一事无成。"或者嘟囔着："我今天什么事都没有干……"怎么？你不是活下来了吗？活着就已经是你各种活动中最基本的活动，也是最吸引人的活动。至于"如果给我大事去做，我本可以表现非凡的才能"这种态度，我想说：只要你懂得自己的生活，善于安排自己的生活，那你就已经做了最重要的事情了。每个人天赋的展现与发挥作用并不需要特殊的际遇。天赋在各个方面，无论是中心，还是暗处，无论是台前，还是幕后，都可以展现出来。我们最大的责任是如何调整自己的生活习惯，而不是去编书；是如何让自己举止有度，而不是去打仗，去攻城略地。人生中最伟大、最光荣的事业就是生活得坦然。其他一切事情，无论是从政治国，还是发家致富、积累产业，充其量都不过是这一事业的点缀和装饰罢了。

我很乐于得知一位将军——他在即将攻城的时候，依然能在城墙下与友人专心致志、潇洒从容地一起进餐、聊天。布鲁图斯也一样。他在天时地利都不具备、罗马的自由正在遭受威胁的关头，依然能够利用巡夜的当口，悄悄花上几个小时来安心阅读历史学家博吕比乌斯的名著，甚至还在上面做批注。

为雷蒙·德·赛邦[1]的辩护[2]

科学绝对重要而且实用。不信者将以自己的愚蠢来印证。然而，我觉得科学的重要性还没有到某些人说的那么夸张的地步。哲学家艾利罗斯认为科学才是至善，人类的智慧与快乐皆源于科学。我并不这样认为，而且也不同意另外有人说的那样：科学乃一切德行之母，无知为一切丑恶之源。如果真是这样，那么恐怕也需要一番复杂冗长的解释。

我家曾经持续很长时间对知识丰富的学者开放，并且以此为名。我的父亲在这方面坚持了有五十年。后来由于受国王弗朗索瓦一世爱好文艺、推崇文艺的影响，父亲对学者更是狂爱有加。他四处寻访饱学之士并与之深交，还常常在家悉心款待。不仅尊之如圣人，甚至视对方的言语、知识为圣谕，丝毫不敢大意。然而他老人家其实并不能对这些所谓的"圣谕"进行辨识。因为他跟他的祖上没有什么分别——对文艺根本一窍不通。我也很喜欢这些人，但是远谈不上热爱。

---

[1] 雷蒙·德·赛邦，法语名字为Raimond de Sebonde，出生于西班牙，去世于法国的图卢兹，医生、哲学家。1487年用拉丁语撰写了《自然神学》，试图用哲学来阐述宗教。

[2] 本篇为节选。——译者注

以博学而著称于他那个时代的大学者皮埃尔·布耐，还有几位他的同道中人也曾经在我家乡蒙田地区逗留数日。当时就是我父亲作陪。临别时，他赠送给父亲一本书作为礼物——《自然神学，暨雷蒙·德·赛邦的众生说》。父亲熟识意大利文和西班牙文，而这本书刚好是用西班牙文写就，尽管文字上有些晦涩拗口的拉丁语词尾。他希望父亲无须太多帮助就能从书中有所收获，因为此书非常有用，而且顺应时代潮流。当时马丁·路德宗教改革的影响已经凸显，开始动摇我们传统的宗教信仰。布耐对于此事意见非常明确，根据他的推断：所谓的宗教改革这种"疾病"一旦蔓延开来，将很容易导致无神论的产生。因为普通老百姓并没有对事实本身进行判断的能力，往往会被偶然与现象所诱导。一旦受人蛊惑，就有胆量藐视和评判曾经一贯遵循的信念——比如灵魂拯救论；一旦有人让他们怀疑和权衡他们的某些旧有的信条，他们很快就会抛弃信仰中剩下的其他内容。因为其他内容在他们心中的地位也并不比那些已经动摇的信条更权威、更牢固。此时，人们出于对宗教的敬畏或者因尊重传统而形成的种种观念，都将被视为专制枷锁而被打破、抛弃。从此，没有他们的评判，不经过他们的同意，任何事情他们都不会再接受。

在父亲去世的前几天，他偶然从故纸堆里又翻出来这本书，还让我将其翻译成法语。像赛邦这样的作家的书翻译起来并非难事，因为只需要翻译出实质内容即可。而对于那些行文力求优美、典雅的作家来说，翻译就成了一件冒险的事情，远非易事——尤其是还要用普通的文字来表达时。恰好当时我有空闲时间，而且当然也无法拒绝我这位世界上最好的父亲，因此我竭尽全力来完成这个任务。结果如我所料：父亲非常满意，还让人将此书印刷出来——他去世后，此书的印刷本终于问世。

我认为这位作者想象力十分丰富，作品的结构也异常严谨，而且写作的目的也充满虔诚。很多人都非常喜欢这部作品，尤其是那些需要我们帮助的女人们。有时我自己都需要帮助她们，以消除针对该书的两项主要异议对她们的误导。作者的写作目的大胆而无畏——他通过人类和自然的理性来与无神论者针锋相对，用以建立和验证所有基督教的宗教信条。看到他如此坚决而乐观自信，老实说，我觉得没有任何论证比他的文字更有说服力，也没有人能够比他做得更好了。对于一个如此默默无闻的作者来说，他的作品更显得无与伦比的丰富、华美。人们对于他所知无几，仅仅知道他是个西班牙人，大约两百年前在图卢兹以行医为业。关于这部作品究竟如何，后来我曾经问过博闻强识、无所不晓的阿德里亚诺·图纳布斯。他回答说，他认为此书汲取了圣托马斯·阿奎那思想中的一些精华——因为实际上，也只有圣托马斯这位以才思敏捷、学识渊博而令人赞叹的智者才有如此的思想与创见。不管是谁首先拥有了这些思想和创见（如果没有其他更重要的理由，否认赛邦为这些思想与创见的缔造者显然是不公平的），他都是一位才华横溢，集许多优秀品质于一身的人。

对于这部作品的非难之一是：基督徒以人的理智来支撑信仰是错误的。因为理智的形成就在于对信仰的虔诚和神意的启示。对于这项非难，不难察觉里面所具有的宗教热忱，所以我们在回答异议、进行辩解的时候也应该保持平和、尊敬的态度。类似的问题更应该是神学家们的责任，因为我对此一窍不通。

不过，我也有自己的看法：对于一件如此神圣、崇高，并超越了人类智识的事情，跟真理一样，上帝曾经为我们指点迷津。如今也完全有必要继续听从上帝，求助于上帝，祈求上帝赋予我们慷慨的、特殊的恩赐以让我们明白真理并将其铭记在心。我不认为纯人类的方法与智识对于如此问题有何作用。如果有用，古代那么多自然知识丰富、天赋超群的智者凭借自己的智慧早就应该分辨清楚了。只有求助于信仰才能可靠地掌握宗教的深层次的奥秘。因此，将上帝赋予我们的所有人类和自然的才能服务于信仰——这才是一件非常美好、非常值得称颂的事。不应怀疑，这才是我们所能做到的、使用这些才能最为荣耀的方式。付出自己所有的才智与思想，美化、拓展、深化信仰的实质内涵，这才是每个基督徒最值得追求的任务和目标。服务于上帝不应该只限于思想和灵魂，还需要我们身体力行，以肢体和动作以及其他外在的方式来展现对他的敬畏。同样，我们也应该将自己的智识紧随信仰，但是却不要因此而产生妄想——认为信仰有赖于我们自己，也不要以为凭借我们自己的努力和求证就能获得这种如此超自然、如此具有神性的认识。

如果信仰不是通过非同寻常的方式逐渐渗入我们的心灵，如果它不仅能通过神的语言，还能借助于人为的手段进驻我们心田，那么它也就失去了它的崇高与庄严。而我所畏惧的是：人们只想通过后者来获得信仰。如果我们真诚地皈依上帝，不是因为自己而信仰，而是为了上帝而信仰，而且坚定地以神为一切的基础，那么人为的、偶然的原因就不可能像现在这样可以动摇我们，我们也不会变得如此虚弱、不堪一击：无论是喜新厌旧的恶习，还是王权贵族的压迫，无论是巨额财富的诱惑，还是情感、观念的变化——所有这一切都不会动摇和改变我们的信仰。它既不会受到时兴理论的冲击，也不会受到花言巧语的扰乱——我们将坚定不移地面对、抵挡一切狂潮的冲击。

只要神性的光芒照到我们身体的一部分，那么它就会在我们的全身都显现出来。不仅我们的语言，甚至我们所有的一举一动都将反射出神性的光辉。然而，我们应该感到羞愧的是：不管是哪个派别，无论其学说多么艰深、新奇，却从未有信徒以神性来规范自己的行为和生命。因此他们那神圣、崇高的学说也不过是在口头上证明他们是基督徒而已。

你们想知道吗？比较一下我们与穆斯林，或者与异教徒的风俗习惯，我们会发现：我们总是处于下风。然而仔细看看我们宗教的优势，却又是那么遥遥领先。我们常常说：谁如此公正？如此仁慈？如此善良？他们一定是基督徒！一切宗教的外部特征都是相通的：希望，信任，节日，仪式，赎罪，殉教。我们的信仰中最真的特点是德。它不仅是我们信仰最神圣、最困难的标志，也是信仰最尊贵最真实的产物。正是出于对德的考虑，我们善良仁慈的圣路易劝阻了一位鞑靼国王来里昂。这位国王由于皈依了基督教，想来里昂亲吻教皇的脚，还想领略一下我们圣洁的生活习俗。圣路易之所以劝阻他，就是因为担心国王由于看到我们放荡的生活方式而放弃原先如此神圣的信仰。不过，与此相对，也有反例。一个犹太人怀着与鞑靼国王同样的目的来到罗马，但是当他看到教士和民众放荡堕落的生活后，却愈发坚定了自己对于信仰的信心。因为他想：一个宗教处于如此堕落的环境中，而且由一群罪恶之手所控制，却依然能够保持着神圣的尊严和光辉——这该是多么具有能量和神圣性的宗教啊！

《圣经》中如此说道：只需一点虔诚，我们就有能力挪移多座大山。由于虔诚，我们被神所指引、具有了神性的所有行动都将不再仅仅是人类的活动，而会像我们的信仰一样，具有奇迹性的效果。

有人不信神，却费尽心思想给别人证明他们相信。而其他更多的人是想让自己相信自己信神——因为他们并不了解什么是信仰。

当前的战乱摧残着我们的国家，纷争迭起而又没有一个发展的方向。看到这些，我们也许会感到诧异。然而这正是因为我们都只顾自己。某个党派所宣称的正义，只不过是他们的伪装和掩饰罢了。正义之对于那些人，只是被引用，而并没有被接纳、拥护和坚守。如同在法律案件中，正义只是律师口头上说说，而并不是出于当事人的内心与情感。上帝的爱与帮助只会垂青于信仰与宗教，而不是我们的热情。人们本应该为宗教服务，如今却利用宗教。这完全与信仰相违背。

试想一下，我们是否正在操纵宗教。它本来是一把笔直、坚硬的尺子，如今却像蜡丸一样被捏成各种形状。在法国历史上还有哪个时代比今天更将这一丑恶的现象展示得淋漓尽致？宗教这把尺子，有人向左拉，有人向右拨，有人说它是黑色，有人说它是白色。所有这些人都无一例外地在利用宗教为自己的一己之私、一时野心来辩护、服务。他们的行为方式没有什么不同，都是厚颜无耻，而且胆大妄为，即使是在关系人生的行为与信念这等大事上，我们也有理由怀疑他们究竟有什么不同。这种惊人的趋同，即使是在同一所学校、接受同样的教育，人们恐怕也无法做到像他们那样更统一、一致。

这是多么恐怖的肆无忌惮！我们竟然像玩皮球一样随意玩弄神意，完全违背宗教准则，在这场席卷全国的动乱中时而拥抱神意，时而又弃之如敝屣，到了必要的时候又重新捡回来——一切态度都只决定于自己所处的位置，所面临的环境。对于这个如此严肃的问题：是否允许臣民造反，为保护宗教而拿起武器反对国王？——回想一下，去年是谁在说肯定的答案是某一派别的思想底线，而否定的答案又是另一派别的思想基石？如今再来听听，两种观点和理论是否还来自同一方？再来听听那武器的撞击声是否在两派之间有所减弱。曾有人说真理必须服从需要，我们却把这些人烧死了。然而如今的法国人其行为又比这些话不知道还要坏多少倍！

我们不得不承认事实：即使是合法的队伍中，仔细甄别，也会发现有人怀着强烈的宗教情感，有人只想保护国家法律或者效忠自己的国王。将这些人组合成一支整齐划一的团队根本不可能。在内乱中为什么绝少看到同仇敌忾、进退一致的队伍？为什么我们看到的队伍慢条斯理，有时又急躁冒进？同样一批人时而狂热激进败事有余，时而又冷漠、软弱和迟钝，成事不足。形成这种后果，都是因为各种各样的人都是只考虑到自己，而且随波逐流。

我看得非常清楚：我们最愿意奉献给宗教的只是祭礼、仪式而已，因为这些最能安慰我们的情感。若论仇恨与恶意，没有什么可以跟基督徒的相比。我们可以创造出不少奇迹，不过那是我们的虔诚之心用在协助仇恨、残忍、贪婪、诽谤和背叛等恶行上。相反，对于善良、仁慈、节制等美德，如果没有什么非同寻常的条件来推动，我们的虔诚之心就懒于发挥作用，无论大小。

我们的宗教本来是用于消除罪恶，现在却掩饰、滋养和鼓动罪恶。

"决不能糊弄上帝"，这应该是大家都知道的谚语了。如果我们信仰上帝，但是只是简单地相信（我真不想这么说），甚至只把他当作一段历史、一个朋友，我们也会爱他胜于任何其他事物，因为他代表着无限的善与至上的美。至少他在我们心中也会和爱、财富、快乐、光荣和朋友拥有相同的地位。

我们当中的一些优秀人士从不怕冒犯上帝，尽管他们向来不敢得罪自己的邻居、亲人或者长官。一方面是物质，只能提供给我们罪恶的感官享受；另一方面是永恒的荣耀——谁会愚蠢到将这两者的位置颠倒？然而我们却常常因为掉以轻心而放弃了追求永恒的荣耀，不仅亵渎信仰，甚至冒犯宗教。

哲学家安提西尼曾被人劝入奥菲斯教团，在这个教团的神秘祭礼上，祭师告诉他："为这个教团献身的人，死后就会享受永恒、完美的天堂之福。"哲学家回了他一句："既然信这个，那你自己还不赶快去死？"

第欧根尼对类似的问题根据他一贯的本色——回答得更干脆彻底。当有祭师同样也是鼓励他加入自己的教团时，说的也是"为了享受彼岸之福"，哲学家当即反讽说："你不会是想让我相信阿格西劳斯和伊巴密浓达，这两位伟人下一世都很悲惨，而你这个无所事事的蠢蛋却要享受永福？难道仅仅是因为你是个祭师？"

对于永享天福，如果我们接受这样伟大的承诺如同接受同样权威的哲学议题一样，那么我们对于死亡就再也不会感到如此恐惧了。

我们也许会说："即使身躯解体，也要和耶稣在一起。"与这样类似的想法柏拉图的弟子们也有。由于柏拉图认为灵魂不灭，而且其学说又言之凿凿，因此他好几个弟子都提前结束了自己的生命——只为了及早体会他所提出的那种美好希望。

所有这一切都清楚地表明：我们只以自己的方式、自己的双手来接受基督教，这与别人接受自己的宗教没有什么不同。我们只不过恰好生活在一个国家——这个国家信奉基督教，要么是因为其历史悠久，要么是考虑到护教人士的权威性，也可能是出于害怕它对异教徒的破坏或者是它曾经许下的一些承诺。这些想法或者考虑确实有助于我们的信仰，但是它们只能起到辅助、补充作用，因为它们都只不过是出于人与人之间的关系而已。换一个地方，换一些条件，同样的承诺和威胁也会使我们信奉其他宗教。

我们号称是基督徒，就跟我们说自己是佩里戈尔德人或者德国人一样，没有什么差别。

柏拉图说过：大难临头时，无神论者中鲜有立场坚定的人，届时他们都会重新承认神的力量。这样的说辞与真正的基督徒无关。那些没有真正的神性的宗教，只能通过人为的方式来让人接受。像这种由于怯懦和软弱而在心中建立起来的所谓信仰，会是什么样子？多么可笑！那只不过是因为没有勇气说不信，才不得已相信自己所谓的信仰。**诸如随波逐流、软弱恐惧这些不好的特质，它们能在我们的心灵中培养出合理的情感来么？**

柏拉图还说：无神论者凭借理性可以判断出所谓地狱磨炼、来世苦难等说法都是虚构；然而当衰老和疾病让他们接近死亡、有机会亲身体会上述说法的时候，对将来处境的恐惧感就会让他们产生新的信仰。对于恐惧如何让勇敢的人变得怯懦，他在《法律篇》中详细解释了衰老、病痛和死亡对人如何产生威胁，并一再宣扬诸神不可能对人带来伤害——即使不是为了给人类降永福，他们的出现也是为了使人类克服某些病症。

有记载表明，受戴奥多吕斯无神论思想的深刻影响，比翁向来一直嘲笑信仰宗教的人。然而当死亡突然威胁到他的时候，此君却开始了极端的迷信——似乎神是否存在全是他个人的私事似的。

柏拉图和这些例子都想得出一个结论，即：我们信仰上帝，要么是出于理性，要么是出于被迫。无神论是这么一种思想：它违反常规又怪异嚣张，但是不论其多么咄咄逼人和来势汹汹，总难被人类思想所真正接受。虽然不少无神论者出于虚荣和自大的心理，飘飘然地提出一些非同寻常的理念，还妄称要改变世界，然而他们只是足够疯狂罢了，能力还远远不够，无法真正在心中种下他们自己的主张。您要是拔剑刺向他们的胸膛，这些人立刻就会对天双手合十。当恐惧和疾病消停了他们心中那飘忽不定的狂热病时，这些人就会恢复平静，不动声色地接受信仰和顺从榜样。

异教徒思想以及对我们神圣真理的无知，导致柏拉图这样的伟大人物（当然他的伟大也只是人性的伟大而已）产生出这种大谬：儿童和老人更容易接受宗教。按照他的话，仿佛宗教的产生和能施展巨大影响只是出于我们的无知和蠢笨！

联结我们的判断力和意念的结同样也联结了我们的灵魂与造物主。这是一个松紧自如的结，其松与紧，并不取决于我们的思想、智识和情感，而是取决于神性的、超自然的力量。它只有一个形状、一副面孔和一种光芒，这就是神的威严与恩泽。既然我们的心与灵魂都受信仰的统率，那么我们所有的器官都恰如其分地为信仰服务自然也就是理所当然的事。人这架机器如果没有留下神这位伟大的建筑师的印记，就如同世间万物没有留下他们的缔造者的影子，这是多么不可想象的事情。神早已在他的伟大作品中留下了神性的痕迹，只是我们太过于渺小、蠢笨而不能看见罢了。他自己早已告诉我们：虽然人的肉眼看不见神性，但是神所造的万事万物却清晰可辨。赛邦就是在致力于这项崇高的研究。他向我们揭示世上的一切事物都是如何来闪耀造物主的光辉的。如果宇宙万物与我们的信仰并不相符，那么它们必将有损神的至善。天，地，世间万物，我们的身体与灵魂，在这个问题上都达成一致，都在指引我们发现神的痕迹。剩下的问题只是如何找到合适的办法。它们都在指引我们，只要我们能够听得懂它们的语言。这个世界就是一座神圣的殿堂，人被领入是为了凝视里面的一座座神像。这些神像并非出自凡人之手，而是按照神的旨意才出现在我们的感官范围内，以让我们感知，诸如太阳，星星，海洋，山川，陆地。因此，圣保罗才说：上帝一切的未知，都通过创造这个世界而让我们感知；凭着所创造之物，他还向我们展示那不朽的智慧与无上的神圣。

我们人类的理智与论断就如同粗糙而没有多少价值的原料，神的恩泽才赐予它们存在的形式，还给予它们存在的途径与价值。苏格拉底与加图无论其行为多么高尚，都始终是徒劳无用。因为他们的行为从未有目标，从未涉及对万物的真正创造者的爱与服从。我们的想象与论断亦如是。它们虽然具有某种形态，但是没有信仰和神的恩泽，这种形态也只是一片混沌，没有条理，没有生命。信仰让赛邦的论证充满光彩，使其坚定而可靠。这些论证可以作为新基督徒的向导，指引他们走上获取恩泽的道路，还可以让我们的信仰变得更加全面而完美。我认识一位很有权威的学者，他就曾向我承认：正是由于赛邦的著作，他才从不信教的迷途中脱身而出。因此可以说，赛邦的著作中，即使去掉那些关于神佑和信仰宣传的修饰成分，仅仅是作为纯粹的人类思想，其内容也足以对抗那些没有信仰、反信仰的黑暗深渊——因为它们的坚定性和可靠性绝不逊色于任何与其持相反论调的理论。有了这本书，我们就可以明明白白地向对手们宣布：要么继续诡辩，要么赶快低头。他们要么苦于反驳我们严谨有力的论据，要么就需要在别的问题上再提出更严密、更庞杂的论据来。

不知不觉间，我已经谈到了对赛邦的第二种非难，我也要对此进行反驳。

有人认为赛邦的论据缺乏说服力，不足以证明他所要表达的思想。他们还认为自己轻易就能够将他的理论推翻。对于这些人我们必须严阵以待，因为他们比前面那些人更危险，更居心叵测。人们一般都喜欢利用别人的观点来证明自己的想法。而对无神论者来说，一切理论都是他们的原材料。他们将自己的毒液洒在本来很纯洁的材料上。这些人对赛邦的理论不屑一顾。然而，对于他们用纯粹人类的武器攻击我们的宗教，我们放任不管的话，他们会将其视作一个可乘之机，尽管他们并不敢直接攻击拥有最高权力和威望的基督。对于这种近似疯癫的思想，我觉得最合适的办法就是将人类的自高自大与傲慢无礼直接踩在脚下。必须让他们感知到人类的无能为力与虚妄——夺下他们残破的所谓的理性武器，让他们低下头、趴在地上，他们就会感受到神的无上权威。科学和智慧只属于神，也只有神才能评价他自己。而我们，对自己的评价与估计都是窃取自神。

让我们打倒傲慢，这个罪恶思想施展暴政的基石。柏拉图曾说过："诸神皆有智慧，人类则绝无仅有。"

作为人类，我们的躯体必然衰老和消逝。然而对于一个基督徒来说，看着自己终将衰老和消逝的躯体与神圣崇高的信仰如此紧密地结合在一起，无论如何都是一个绝好的安慰。将这终将衰老和消逝的躯体的根本功能用于信仰，对于人类来说，还有比这种使用方式更为整齐划一、更为有力的选择么？且让我们看看是否有人能够提出比赛邦更为充分坚定的理由，是否有人能够通过论证和推理达到某种更明确的结论。

圣奥古斯丁曾经控诉过一些人。这些人错误地认为我们的信仰中有一些部分内容还有待用理性来考证。为了证明许多事物存在着或者曾经存在过，虽然我们的理性从未确定过它们的本质和存在原因，他向那些人提供了很多无可置疑的经历和事实——这些经历和事实虽然确凿，他们却根本无法理解。在说明这些经历和事实的时候，他像做其他研究一样，巨细无遗，严谨周密。其实这样做还不够，还应该直截了当地告诉他们——不需要花费时间和精力找一些特例：人类的理性是如此的盲目和不堪一击，不管多么简单明了的事情，对于理性来说要看清楚都绝非易事，更遑论评判世间万物。

《圣经》在传道的时候就已经告诫我们：远离人类所谓的智识。在神的眼中，一切人类的智慧都不过是疯癫而已。在一切虚妄中，人类最为虚荣；人类自认为知晓一切，其实一无所知；人类何其卑微，却自以为强大——这是自恋，也是自欺。圣灵的这些如此明了、生动的告诫正是我要坚持的观点：无须旁征博引，他的权威就已足够让反对者拜服。不幸的是，这些人情愿挨鞭子，也不愿接受别人用理性攻击他们所谓的理性。

现在，让我们观察一下单独的人：没有外来的帮助，没有神所恩赐的眷顾和荣耀这一力量之源和生存之基，只是手持自制的武器。看他这点可怜的装备可以让他坚持多久。让他告诉我，仅凭他的智识，如何建立自己的优势，来展现他与其他事物相比时的优越性。他用什么理由可以让人信服：永恒转动的苍穹，头顶上无穷的星空，还有潮来潮往、生生不息的大海，所有时空中这些美好的、令人赞叹的事物都只是为他所识，为他所用？一个如此卑微、弱小的生灵，却不仅要控制自己的命运，面对外界万物的挑战，还要自封为宇宙的主宰和统帅——可他连宇宙的一个小小角落都还没有认识清楚，更遑论对整个宇宙发号施令！这是何其幼稚、荒谬的事情！而且，这个弱小的生灵还妄称是宇宙这座大厦里唯一能够认识全宇宙并欣赏其美的，而且是唯一懂得感谢宇宙的设计师，唯一能够意识到世事沧桑的变化……谁给了他这个特权？他能够提供出这个美好重任的授权书吗？

这个特权也许只授给了智者？如果这样，就只能惠及少数几个人。疯子与坏人何来资格接受如此特殊的恩典？世界上最坏的分子何来资格享受比他者更多的宠爱？

我们可会相信这样的话？"我们终将知晓世界为谁而建，很可能就是为那些拥有理性的生命。也就是神和人，最完美的生灵们。"如此的厚颜无耻，无论怎么嘲笑都不为过。

可怜的人类啊，他怎配享有如此殊荣？且让我们看看这永不消亡的星空，它的美与庄严，它的生生不息与永恒运动，一切都遵循着严格的规则；且让我们看看这些高高在上的星体——它们不仅居高临下掌控着我们的人生和命运，而且正如理性所证实、揭示的那样，还掌控、影响、摆布着我们的习性、思想与欲望。

不只是一个单独的普通人，哪怕是一位国君，甚至整个王国、帝国，只需这些天体一个最微小的动作，我们这个平凡的世界就会大大改变。

我们的美德与罪恶，智识与自负，还有我们对天体力量的思辨能力，以及星体与我们之间的对比，这一切都已被我们的理性所知——都是在天体的运行和照顾下所产生的。

如果我们认为理智来自于上天的眷顾，那么还怎能将自己与上天相比呢？我们自己如何判断理性的本质和内容？我们在天体中所见到的一切都足以让我们震惊。"什么样的准备，什么样的工具、杠杆和机器，还有什么样的工人才能完成如此庞大的工程？"如此浩瀚的天体、星空，我们为什么要剥夺它们的灵魂、生命和理智？除了听从它们的指令外，我们与其没有任何联系。

一切非分之想都是虚妄和愚蠢的行为。我们是不是还要说除了人之外，没有任何造物拥有能够思考的灵魂？什么？！我们在太阳里可曾看到类似的东西？没有看到就可以说类似的造物不存在么？如果说看不见的东西就都不存在，那么我们的知识将会缩减多少！而我们的思想又会变得多么狭窄！像阿那克萨戈拉那样将月亮想象成另一个地球，上面有山有水；像柏拉图和普鲁塔克想象的那样，还要在上面设立居民点和住宅区，随心所欲地向上面移民；还要将地球变成一个发光的星球……这些难道不是痴人说梦吗？

自以为是乃我们与生俱来的毛病。在所有的造物中，人是最不幸、最脆弱的了，然而偏偏却又最傲慢。他能感知、并且能看到自己处在这个世界最污浊的垃圾堆里，被束缚在全宇宙最糟糕、最无生气和最腐败的角落里，栖身于远离苍穹的最低处，和陆海空三界中地位最低的禽兽生活在一起……然而他却能够自以为是到将自己置于月亮之上，幻想把天空踩在脚下。出于虚荣，人还将自己和神相提并论，把神性的优点据为己有，突出自己，贬低其他的造物，将自己与本是同类和朋友的动物相区别开来，只随心所欲地赋予对方一小部分才华和力量。普林尼是如何利用自己的智慧认识到动物们内心的秘密活动的？他用什么手段将动物与人相比较，并得出动物比人要蠢的结论？

当我和我的小猫逗趣的时候，谁知道是小猫从我这里得到的消遣多，还是我从它那里得到的多？我们不过是在相互娱乐而已。我开始与它玩，或者拒绝它的时候，同样也是它开始理我或者拒绝我的时刻。柏拉图在他所描绘的农神萨图纳治下的人类的黄金时代时，将人与动物之间的交流视为人类的主要优点之一。正是因为向动物求教与学习，人们才知道每种动物真正的优点和特殊之处，并从中获得全面的智慧和审慎的态度，继而使得自己提高生存能力、更好地驾驭生活。在动物这个问题上，还需要更好的证据来论证人类是多么的厚颜无耻么？

妨碍动物与人交流的责任为什么不是由我们和动物平等分担？而且还应知道：隔阂是谁的错还有待商榷——因为动物不理解我们与我们不理解动物是同步的。用我们同样的推理来讲，动物也可以认为我们很蠢——因为我们认为它们很蠢。如果我们不理解它们，也并不值得大惊小怪——这与我们不理解巴斯克人、穴居人是同样的道理。然而，有些人自诩可以听得懂动物的语言，比如阿波罗尼奥斯·提阿努斯、美兰布斯、提拉西亚斯和泰勒斯等人。既然如此，如宇宙学家所言，有些民族将狗作为他们的国王——他们一定赋予狗的声音和动作某些确定的含义。我们应该注意到动物与人之间的平等性。我们具有理解动物的智慧，那么它们也就具有理解我们的能力，而且理解的程度与我们大概也不差上下。它们可以奉承、威胁和要求我们；反过来，我们也可以如此对待它们。

甚至，我们还可以很明显地发现：动物之间有充分而完整的交流，不仅是同类，异类之间也可以如此。

通过狗的某种叫声，马可以判断出来狗是在生气；而通过狗另一种叫声，它又可以判断出来没有什么值得担心的。至于不会发声的动物，通过它们相互帮助的情景，我们可以轻易地判断出来：它们之间存在有某种无声的交流手段，它们以动作反映思想，交流情感。

为什么不是这样呢？凭什么它们不可以像聋哑人那样以手势进行讨论、争辩和讲故事？我就见过一些动物——它们非常灵活而且训练有素，可以用动作让人明白它们所要表达的一切。相爱的动物也可以眉目传情，也可以用眼神来表达愤怒、和解、邀请、感谢、工作的分配等一切它们的想法。

还有手！用手我们可以表达请求、允许、呼唤、威胁、祈祷、否定、拒绝、询问、欣赏、计算、忏悔、懊悔、恐惧、羞愧、怀疑、教育、命令、刺激、鼓励、发誓、证明、控诉、判决、宽恕、辱骂、鄙视、挑战、激怒、恭维、喝彩、祝福、羞辱、嘲笑、和解、劝告、颂扬、庆祝、欢快、呻吟、悲伤、气馁、绝望、惊讶、叫喊、沉默……还有什么不能用手来表达呢？须知，手势的变化能力、表现能力丝毫不亚于语言。而用头，我们还可以表达邀请、辞退、承认、否决、戳穿谎言、欢迎、致敬、崇拜、鄙视、命令、回绝、兴奋、叹息、亲近、责骂、降服、对抗、敦促、威胁、抚慰、询问……此外，还有眉毛，还有肩膀！动作是没有更多规则的语言，它不仅具有智能，而且是更大众化的交流方式。只要注意到它的多样性、复杂性和独特性，就不难得出一个这样的结论：动作更应该是人最基本的语言。我坚持认为，应该立即教会那些有需要的人学会这门特殊的语言：手指也是字母表，身体就是语法。只有学会这门语言，才可以知道只有它才能表达出的意思，才可以真正懂得普林尼所说的那些没有语言的"民族"。

阿布戴尔城的使者在跟斯巴达国王谈了很久的话之后，问这位国王："那么，尊敬的陛下，您想让我带给我的同胞们什么答案呢？我已经让您说出了所有您想说的话，而所有您说的，并没有一个字。"——这不是一个很有智慧的沉默者么？没有语言，一切却都已经表达了。

是什么样的自负让我们对动物的各种行为视而不见？我们找得到一个比群居的蜜蜂更为分工合理、组织严明、行动一致的社会组织么？如此和谐稳定、各取所需的组织，我们可以想象成员们都没有思想与远见么？

当燕子趁着春风回归，在房前屋后四处寻找合适的地方筑巢，没有判断力，没有分辨力，它们是如何从千千万万个小地方中寻找到那个唯一合适的筑巢地点呢？这些令人叹为观止的美丽的鸟巢，略呈方形而非圆形，使用钝角而不是直角，难道鸟儿们在筑巢的时候会没有考虑到条件和效果么？它们时而取水，时而和泥，岂能不知道硬的东西可以用水软化？它们把青苔和绒毛铺在巢中，岂能不明白将来稚嫩的乳燕会因此而得到保护、更舒服一些？为了躲避风雨，它们会将巢建在朝东的地方，岂能不了解各种风雨的特性——有的对身体更为有益？蜘蛛在它的网上有些地方加粗蛛丝，有的地方却任由其稀松，有时使用这种结，有时又是另一种，难道这个过程中它没有过思考和决定吗？我们可以认识到动物的大部分作品都显示出它们那远超人类的才干。与它们相比，我们的技术极其落后，甚至连模仿它们都做不到。从我们那些粗糙的作品中，我们都可以观察到生产过程中人们所用的才华，所想的知识，那么为什么就不能替动物同样地想想呢？动物的成就远超于我们，不论是天生的、还是后天养成的能力所做的一切，为什么我们却把这些成就归于没有智识、没有自主性的本能中？为什么不承认这是事实：动物与人相比占有明显的优势？大自然如慈母一般牵着它们的手，在它们的生命中每一个阶段都会陪伴、指引它们。而我们，则被交给了变幻莫测的命运，被逼无奈才想方设法寻找一切可利用的必要资源来保护自己的生命。尽管我们通过精神上的努力，通过学习获得了达到目的所需要的能力，然而却始终无法得到动物那样天生的技巧——它们的"笨拙"轻而易举地就超过了我们人类的一切神圣智能。

确实，如果按照这种说法，我们完全可以说上天是一个偏心的后母。然而事实并非如此，我们的世界还没有那么畸形和反常。虽然我知道普通人最普遍的抱怨（他们的想法毫无规则，总是上天入地地走极端）：我们人类是唯一一种被赤裸裸地抛弃在光秃秃的大地上的动物——手脚受束缚，行动不便，全身上下除了皮肤以外还无一长物以御寒、自卫。而其他所有的造物，上天都按照不同的需要给它们穿上了硬壳、皮甲、毛发、羽毛，或者是安上刺和鳞片；准备了用于进攻和防守的尖牙利齿、犄角和爪子；还教给它们游泳、奔跑、飞行、唱歌等各种技能。而人，在没有学习之前，除了哭泣，既不会走路，也不会说话，甚至不会吃东西，什么都不会。

但是这些责难都是错误的。世界自然有其规则，无论人还是动物都是平等的，关系都是一样的。

我们亦有与动物同样的皮肤，也可以抵御寒冷，适应各种不同的气候。那些不穿衣服的民族可以证明这一点。我们的祖先高卢人远古时期就是不穿衣服，而我们的邻居爱尔兰人虽然生活在非常寒冷的地方，穿的衣服也很少。而且我们自己的身体也可以说明。按照各个地方不同的生活习惯，人们裸露的地方也不同，不过，相同的是：这些裸露的地方——脸、手、脚、腿、肩、头……都可以任由风吹日晒，也可以抵御寒冷。如果我们身体上有哪个部位比较虚弱的话，那应该是供我们消化的地方——胃部。然而我们的父辈却是任由它们裸露在外，而那些妇女——尽管温柔娇嫩，如今也是露出了肚脐。由这些例子，以此类推，孩子们使用的背带和襁褓其实也无甚用处。斯巴达的母亲们养孩子，就从来不用襁褓之类的东西包裹他们，而是任由他们自由地跑来跑去。至于孩子的啼哭，这与动物也一样——大部分动物在出生时也会叫唤和呻吟，和他们感觉自己虚弱渺小并没有多大关系。而吃饭，不论是动物还是我们，都是天生就具有的能力，并非后天教育的结果。任何动物都生下来就知道如何发挥自己的长处。

谁会怀疑一个孩子长到自己可以吃东西时，自然会主动寻找食物的能力？大地自然会提供食物并满足他的需要，无须耕作，也不需要别人的指导。如果他不能任何季节都找到食物，那么其他动物也是如此。我们可以看到蚂蚁和其他一些动物会储存食物，以备一年中没有食物的季节。上文提到过的一些民族，他们吃的肉类、喝的饮料都是源于大自然，既非耕作所产，也非手工所造。他们的例子告诉我们：面包并不是我们唯一的食物，而且耕种也并非必要——我们的大自然母亲已经为我们"种"下了所有的必需品，而且似乎比以往我们使用各种手段时所收获的还要更加丰富。

然而，我们的胃口太大，已经超出了为满足欲望而进行的所有发明创造。

至于武器，我们比大部分的动物所拥有的武器种类更多，四肢也更灵敏——从中得到的好处也更多，且无须培训，无师自通。即使那些勇于打斗的动物，与我们赤手空拳时相搏斗的样子相比，又有什么分别呢？即使有个别的动物在这方面超过我们，我们也胜于更多其他动物。用习得的办法增强体质、保护身体，这也是我们本能的和天生的欲念。动物也是如此。大象平时会专门磨砺自己作战用的长牙——长牙只用来作战，从不轻易使用，更不会用作他途；公牛在角斗的时候会在四周故意扬起灰尘；野猪不会忘记磨自己的獠牙，在不得不跟鳄鱼交手的时候它会在自己身上蹭一层干湿适度的泥浆，好似穿上了甲胄一样，以保护自己的身体。而我们使用棍棒、钢铁，为何不也是自然而然的事情呢？

至于语言这种能力，确实并非天生，但同样也并非必不可少。我认为一个在完全孤独的环境中长大的孩子，即使没有与任何人有任何的接触（当然，这种实验很难做到），他也会有某种表达思想的方法。大自然给予众多动物除了语言之外的表达方法，却单独把人类排除在外——这种观点令人难以置信。动物们用声音来表达抱怨、欢乐，彼此间呼唤求助、表达爱意，如果这不是语言，那这是什么？为什么动物间就不能说话呢？它们在和我们说话，如同我们与它们说话。我们和自己的狗说话的方式就有很多种，而它们也都在一一回应着我们。而用其他语言，我们照样也可以跟鸟儿、猪、牛、羊对话，只不过不同的动物种类使用不同的表达方式罢了。

如果我没有记错的话，拉克坦希厄斯就认为动物不仅可以说话，而且会笑。如同人类，不同的地方人们的语言也不同，动物亦是如此。亚里士多德曾以山鹑的叫声为例来说明这个问题：这种鸟儿因所处的地方不同，叫声也不尽相同。

至于那个在孤独环境里长大的孩子到底会说哪种语言，还没有准确答案。我所说的猜测也找不到确凿的证据。不过，如果有人反驳我，并以聋哑人为例：天生的聋子不会说话——我会这样反驳：聋哑人不会说话，不仅是因为他们无法通过耳朵接受语言信息，更因为他们所丧失的听觉是和语言紧密结合在一起的，相互依存。当我们用语言来表达时，首先是表达给我们自己来听，声音从内心传到耳朵，然后再传送给他人。而聋哑人，他们的声音无法从内心传到自己的耳朵。

　　我所说的这些话，是为了表明：人类之间的所有事情都具有相似性，这种相似性让人类组成一个族群，我们既不优于他人，也不低于他人。所以，智者曾经说过：天下万物莫不同理同命。

　　尽管有差别，有高下之分，有程度之异，但是都有着同一个大自然的影子。

　　应该把人类置于秩序的框架内。而事实上，可怜的人类也无法挣脱这个框架。人类受到束缚和限制，与其他动物没有分别，同样地遭受着压迫，没有地位、没有特权，也没有任何真正的优势。人类所幻想出来的地位与优越感既没有证据，也不是出于什么缜密判断。即使自由幻想或者思考本身是人类高于其他动物之处，让人类知道自己需要什么，而且知道何为存在，何为虚幻，何为真，何为假……这也没有什么可夸耀之处：因为这也正是压迫人类的所有罪恶的源头——恶行、疾病、柔弱、躁动、绝望。

　　所以，回到前面的话题，我认为没有任何理由可以认定动物的行为都是本能的、被动的、受约束的，而我们的行为却是有选择的、主动的、自由的。通过相同的结果，相同的方法，或者说是大量相同方法下产生的为数众多的结果，我们都可以得出同样的结论：人类活动的方法与途径与动物并无区别，甚至可以说某些动物比我们人类还要更优秀。我们凭什么认为动物们先天就受到约束，而人类自己却可以幸免于难？而且，遵守自然形成的、无可避免的条件，受到一定的约束来行动、做事，岂不是一件值得赞扬的事？与放任自由、听凭偶然相比，这不是更接近神性的做法么？而将命运交给上天岂不比交给我们自己更为安全可靠？不幸的是，基于自负而产生的虚荣心使我们更相信自己的一切源于自己的力量，而不是神的慷慨赐予。我们自以为是将大自然赠送给了动物们，另外也将我们不需要的东西送给了它们，但是同时却靠已经得到的一切来炫耀人类的优越性，美化自己。这真是一个天真的想法。就我自己来说，无论是天生所有的东西，还是后天习得的东西，我都同样看待。而且，除了依靠上帝和大自然的恩赐外，我觉得人类并无更好的选择。

为了说明人类与动物的平等性，我们可以拿色雷斯的狐狸来做例子。那个地方到了冬天，河流会结冰。为了从冰面上过河，当地人会先放一只狐狸在前面。狐狸会将耳朵贴近冰面来倾听冰层下的水声，从而判断冰层的厚薄，然后再决定是否能够从冰面上经过。而人从狐狸的表现上也就可以断定自己是否可以过河。在狐狸的判断过程中，狐狸的大脑与我们人类的大脑有什么区别吗？难道不是同样的推理、判断的过程吗？从冰面上推测冰层的厚度只不过是源于极普通、极自然的常识：发声的东西，必然是活动的；活动的东西，必然没有结冰；没有结冰，就还是液体；还是液体，遇到压力自然就会变形。将狐狸的行为全部归功于听觉的特殊灵敏性，而否定它的推理过程，我们会将它视为怪物——因为根本无法想象它如何最后下决定。同样的道理，动物使用各种技巧和手段来避免我们人类对它们的所作所为，也是出于它们的思考和推测。

如果我们想从动物那里获取好处，我们有能力抓住它们、使用它们、随心所欲地奴役它们，就像我们人类之中的有些人随心所欲地支配另一些人一样。我们正是这样使用奴隶的，他们与动物还有什么区别？叙利亚的贵妇们上车的时候，会让她们的女奴四肢着地趴在地上当作垫脚石和梯子。这些女奴就不是人吗？不光奴隶，大部分的自由人出于某种利益，在威权的胁迫下也会放弃自己的生命，甚至人格。色雷斯人的妻妾们都争着成为在丈夫墓前殉节的唯一人选。而对于暴君们来说，谁还找不到众多生前效忠、死后殉葬的臣民？

也有整支整支的部队完全效忠于他们的长官，不亚于暴君的那些臣民。以严酷著名的一家角斗士学校就有这样的入校宣誓内容：我们发誓自愿接受一切捆绑、火烧、击打，乃至死于剑下，遵守正规角斗士师尊的一切规定，身体与灵魂都由师尊发落。

真是真正的誓言，当年曾有一万人在进入这所学校后死于学校。

斯基泰人在埋葬他们的国王时，还会把国王最宠幸的嫔妃掐死在他的遗体上，同时殉葬的还有国王的司酒官、马夫、卫士、内侍以及厨子。每到国王的忌辰，他们还会再杀五十匹马和马上的五十名青年侍从。不仅如此，死者还会被用木桩穿过脊柱和喉咙，以永久直立在国王的墓地周围。

仆人们伺候着我们，却极其廉价，还得不到重视，也收不到什么好处，地位甚至不如我们豢养的鸟儿、马匹和狗。

我们可曾为他们做过任何事情？所以，哪怕是最卑微的仆人，我觉得也不会心甘情愿地为任何一个王公贵族做事——像他们以善待动物为荣、为动物做事那样。

第欧根尼在看到父母不辞辛苦地为他赎身时，心里却在想：真是疯了，那个养着我、给我饭吃的人才是奴隶啊。饲养动物的人恐怕也该想到：他们对动物的照顾远超于动物对他们的照顾。

动物在某一方面上比人类更高贵：一头狮子永远不会做另一头狮子的奴隶，一匹马也不会因为缺少勇气而去伺候另一匹马。狮子与老虎猎杀人类，跟人类上山猎杀动物没有什么不同之处。其他动物亦然：猎狗追野兔，大鱼吃小鱼，燕子捕知了，苍鹰逮雀鸟……

打猎时我们与猎狗、猎鹰分享猎物，如同一起分担辛苦和劳作。在色雷斯的安菲波利斯山上，猎人们与野隼完全平分打到的猎物。而在梅奥迪特河沿岸，如果渔夫不将渔获虔诚地送给狼一半，狼群就会撕碎他们的渔网。

我们在捕获猎物的时候，与武力相比更会使用巧妙的办法，比如套索和鱼钩。在这方面，一些动物也不亚于我们。亚里士多德曾经讲过一个例子：乌贼会从颈部弹出一段细肠，很细、很长，跟我们的渔线差不多。它可以将这根"渔线"抛向远处，也可以随时收回来。当它看到有小鱼游过来时，会故意引诱小鱼去咬这根线，自己则躲在沙子或淤泥里慢慢收线，直到小鱼来到身边——它突然攫住这送上门的猎物。

至于武力，在这方面任何动物都没有人受到攻击的可能性大。不用说鲸鱼、大象、鳄鱼或者其他大型动物——它们当中任何一个就可以打败很多人，即使是小到虱子这样的动物也足可以结束苏拉这位独裁者的统治。这位战无不胜的伟大人物对于虱子来说，无论是他的强大的心，还是他的命都不过是一顿晚餐而已。

同样是为了维持生命、治疗疾病，为什么当人类分辨出大黄和水龙骨的时候，我们认为这是出于人类所拥有的理性知识和逻辑推论，而动物们就不是呢？克里特岛上的山羊受到箭伤的时候会在漫山遍野的野草中独独挑选白鲜为自己疗伤；乌龟吞食了毒蛇之后会立即去寻找牛至为自己排毒；斑蝥利用茴香护眼明目；鹳鸟用海水为自己灌肠消毒；而大象，不仅可以为自己和同伴拔掉在战斗中所中的投枪和箭头，甚至还可以为自己的主人这样做（被亚历山大打败的波鲁斯国王的大象可以作为明证），而且其动作之灵敏不仅可以将疼痛降到最低值，甚至超越了人类所能做到的程度。这些动物的本事为什么我们就不承认是智识和思维呢？为了抹杀这些事实，我们借口说之所以不承认它们具有智识和思维，是因为它们仅仅是从大自然中学到了此等本事。然而这样做恰恰证明了它们的这位唯一的"老师"是多么的值得夸耀和信任。

克里希波斯在对待动物的态度上与其他任何哲学家都一样——向来都不屑一顾。然而有一次他看见一只狗来到三岔路口——也许是正在寻找暂时丢失的主人，也许是正在追逐猎物，他发现狗在尝试了两条路都没有发现主人或者是猎物时，立刻毫不犹豫地朝第三个路口跑了过去。于是他不得不承认在狗的心里也进行了这样的推理过程："我跟着主人来到了这个三岔路口，他肯定选择了其中一条路。既然既不是这条，也不是那条，那就一定是第三条路。"建立在这种思考和推论上的信心让狗在理智的推动下直接冲向第三条路——既不需要用嗅觉来确定，也不需要进去慢慢试探。这种纯逻辑性的行为，利用层层推理使得狗靠自己得出了这样的结论，这不比靠人的思考更好么？

而且，动物也不是不可以按照我们的方式接受教育。鸲鸟、乌鸦和鹦鹉都可以跟我们学说话。它们可以灵活地控制声音和呼吸的节奏，只要加以训练，就可以辨识一定数量的语音和音节。这说明它们不仅不排斥学习，而且还有一定的思维能力。至于街头艺人让狗来表演各种怪动作，我相信大家早已经司空见惯了。这些狗儿随着主人的口令可以做出许多舞步和独特的动作，而且它们的舞步与音乐还配合得严丝合缝。不过，与此相比，我更欣赏导盲犬无论是在乡村还是在城市中的表现。我注意到它们能够带着盲人停到能收到施舍的门前，还可以带着他们避开各种车辆，尽管有时候这些车辆并不会影响到狗的前行。甚至有一次我还看到一只导盲犬带着主人顺着水沟走的时候，它竟然舍弃一条平整的小路，而选择了一条不太好走的路——只是为了让主人远离水沟。我们是怎样让这只狗明白，它的首要职责是保证主人的安全，而自己的舒适、方便只是次要的呢？它是如何知道对它来说很平整的路，对于主人却并不合适呢？没有思考和推理，这些选择怎能成为现实呢？

普鲁塔克说过的另一个例子也不应该被忘记。那是他跟老维斯帕西安皇帝一起在罗马的马塞洛斯剧场看到的一只狗。这只狗在杂耍艺人安排好的一部多场次、多角色的戏中扮演一个角色。这个角色重要的一幕戏就是因误食毒药而死。在吃了一小块被人下了毒的面包之后，这只狗立刻开始颤抖、抽搐，不久就僵硬地直挺挺地躺在地上，真的跟死了一样。即使在剧中被人拉着从一个地方换到另一个地方，它也一动不动。直到最后，它的戏结束，这才慢悠悠地站起来，就好像刚刚大睡了一场似的，还故意抬头这里看看，那里瞅瞅。全场的观众都为之惊叹不已。

苏萨城里的王家花园花草众多，灌溉工作向来使用一些牛。这些牛转动水车（这样的水车在朗格多克地区有很多），水车上悬挂的水桶就将水倾倒出来。每头牛每天要转动水车一直倒够一百桶水。时间久了之后，这些牛就习惯了一百这个数字，不管人们怎么使唤，它们都不会多转一圈水车——完成任务立刻收工。跟这些牛相比，我们什么时候才能数到一百呢？恐怕只有青少年时期才可以。更有甚者，一些民族直到现在都还没有数字的概念。

教育者比受教育者拥有更多的学问。我们暂且把德谟克利特的想法和他所用证明的理论放一边。我们人类的大部分技艺皆学自动物，比如蜘蛛教我们编织和缝纫，燕子教我们建造房屋，天鹅和夜莺教我们音乐，通过模仿我们还从一些动物那里学到了医学。亚里士多德认为夜莺会教它的孩子们唱歌，并不辞辛苦，尽时尽心。他的话告诉我们一个道理：养在笼子里的夜莺之所以歌唱水平大为下降，因为它们没有机会从父母那里好好学习。同时，我们也可以得出一个结论：夜莺歌唱水平也是得益于它们所受的教导和自己的努力。自由的鸟儿中，每个"学生"也都各不相同，但是它们每一个都很积极地学习，同时也激烈地相互竞争，勇敢地向别人挑战，它们之中甚至有些为比唱丢了性命，把最后一口气都用于歌唱。最幼小的鸟儿也会聆听和思考，不失时机地学一些歌曲片段。当它们此起彼伏地歌唱时，有"老师"为"同学"纠正，有"同学"向"老师"请教。阿略斯说："我曾经见过一头大象，它的每条后腿以及长鼻子上都挂着一个钹。随着钹声，其他大象一起'翩翩起舞'，做出各种有趣的动作，时而站直，时而屈腿作揖。能看到这样的演出，真是让人乐不可支。"在罗马的各种演出中，驯象表演并不少见。在主人的指挥吆喝下，它们不仅可以做出复杂的动作，甚至还可以踏着各种舞步参加群舞。有些大象为了避免被主人训斥和鞭打，私下里还会回忆所学的动作，自己认真复习排练——这样的例子时有所闻。

还有一个离奇的故事——普鲁塔克可以作证——是关于一只喜鹊的。这只喜鹊在罗马的一家理发店，它能够模仿出来任何它听到的声音，甚至到了出神入化的地步。一天有几个小号手恰好停在理发店门口演奏了很长一段时间。他们一走，一直到第二天，这只喜鹊陷入了沉思，不再发声，而且变得很忧伤。看到这一幕，很多人都很惊讶，以为是小号的声音振聋了鸟儿，从而发声的能力随着听力的消失也不见了。但是最后大家才终于知道：这只喜鹊是因为精神受到极大的震动，在做准备重现小号的声音——并最终完美再现了小号声，甚至连起承转合等各种演奏细节都一一模仿了出来。而且，由于这次新的学习，它开始蔑视之前所有它会发出的声音和说出的话，将它们全部放弃了。

　　还有一个例子我也不想遗漏。（从顺序上说，这个例子的位置放得有些颠倒。不过从整个叙述过程来说，我觉得将一些例子放在一起也是可行的。）这也是普鲁塔克说他亲眼见过的关于狗的故事。他有一次乘船，有只狗想从船上的油罐里偷油吃。但是油在罐底，罐子又有点深，口又小，狗的舌头无论如何都够不到油面。于是这狗居然找来些石子抛到罐子里，直到油面升到它够得着的地方。这个例子中，如果狗的反应不是出于头脑的灵活，又是什么呢？听说北非帕柏尔地区有些乌鸦在遇到相似情况时，也会如法炮制地喝到水。

　　同样是帕柏尔地区，他们的一个国王，汝巴，讲过一个大象的故事，跟这只狗也有类似的地方。国王有一次在捕猎大象的时候预先设置了一个陷阱。那是一个又大又深的坑，上面铺上了树枝杂草做掩饰。后来一头大象果然掉了进去，但是，这时它的伙伴们立刻搬来很多石头和树干，好帮助那头大象逃出陷阱。这种动物在灵巧方面真的与人很相似。而且如果让我一一道来的话，我所知道的所有经验可以让我轻而易举地就证明：某个动物与人类的差别还没有人与人之间的差别大。叙利亚有养象赶象的情况。有个赶象人每顿饭都克扣一头大象一半的食物。结果有一天象的主人自己亲自喂它的时候，这头大象恶狠狠地看着那个赶象人，还用鼻子将给它的大麦分成两堆——以此来表明它受到的不公平待遇。还有一个赶象人在大象的食料里掺石子儿以增加分量，结果他在锅里煮晚饭吃肉时，大象走了过去给他的锅里倒满了灰。当然，这都是些特别的例子，但是也有一些例子是大家所熟知的事情。比如在东方国家的军队中，实力最强大的是他们的大象战队。其在部队中的地位与我们现在的炮兵一样，是无可替代的。然而就战绩而论，我们的炮兵远远比不上这些战象。（熟悉古代史著作的人很容易就可以得出这个判断。）

只有对这些战象的忠诚和智慧有充分的信心时，战斗中才会把冲锋的任务完全交给它们。因为它们那庞大和笨重的身躯只要一点点迟疑和阻滞，它们的大脑中有一点点的胆怯与畏缩，就会导致战役全盘皆输。此外，它们从不会相互推卸责任，不像我们人类，不仅会相互推卸责任，甚至还会因此而闹分裂。而它们在战斗中所做的事情也并不只是接受命令，还需要一套措施才行，就像西班牙人最近在攻打印度时如何使用军犬一样：他们不仅给军犬发军饷，还要跟军犬分享战利品。正是由此，这些动物们在战斗中无论是乘胜追击，还是鸣金收兵，不管是冲锋还是退却，以及如何分辨敌我双方，它们都表现出了与人相同的思考和判断能力，以及同样的激情和意志。

一般与平凡的事物相比，我们更容易欣赏那些特殊的、新奇的，否则我也不会列举这么一长串故事。不过在我看来，只要我们能够仔细观察周围生活中平常的动物，很快也会发现：它们的行为与我们在古代外国发现的新奇的例子相比是同样的令人欣赏的。因为它们在本质上其实都一样，大自然的运行规律也从未改变。只要能充分地评价出现状，人们也就可以推断出过去、预测出将来。然而我曾经见过一些远渡重洋被带到法国来的外国人，由于我们听不懂他们的语言，看不懂他们的行为举止，再加上他们的服饰穿戴也与我们完全不同，一向奉我们的吻手礼、屈膝礼等等行为准则为圭臬的我们，谁不把他们当野人看呢？谁不觉得他们愚蠢呢？

　　凡是我们觉得离奇的事物，我们一概予以否决，对于我们不明白的事物，也是如此。因此，我们判断动物时也是这样的态度。动物有些行为与我们相似，从中我们可以做出一些推测，也可以得出一些结论。但是对于那些比较特殊的动物，我们又了解多少呢？然而马、狗、牛、羊、鸟，以及其他大部分与我们生活在一起的动物，它们却都辨得出我们的声音，听得懂我们的指令。克拉苏养的一条海鳝在这方面做得也很好，它只要一听到克拉苏的声音就会向他游去。同样，阿瑞托萨泉里的那些鳗鱼也有如此本领。而我还见过很多鱼塘，那里的养鱼人只要吆喝几下，鱼儿们就会一拥而上去抢鱼食。

　　我们可以推论，或者是赞成：大象也具有某种宗教情感。因为可以看到它们有时在多次沐浴净身之后，会高高地将鼻子挺向天空，两眼注视着东方的日出，长时间一动不动地站着沉思和冥想——就像我们举起双手祈祷时那样。而且它们这么做完全是自发的，并没有任何人指导、训练过它们。不过，我们不能因此断定其他动物没有宗教信仰——只因为在它们身上看不到类似的行为。与此相反，哲学家克莱安西斯发现动物的一些行为与我们人类相似，从这件事上我们学到另一些东西。他说他在观察蚂蚁的时候曾经见过如此的一幕：一群蚂蚁抬着一只死蚂蚁离开巢穴到另一个蚁穴——那里出来不少蚂蚁好像要跟前者进行理论。然后，过了一段时间之后，第二个蚁穴的蚂蚁回到洞里似乎思考了一会儿，并跟同胞们商量了一下——我们可以这样想象，因为似乎整个过程比较麻烦，这些蚂蚁来来回回了两三趟。最后它们从蚁穴里拖出来一只虫子——显然是作为对死者的赔偿。前来交涉的蚂蚁抬起虫子运回它们的巢穴，而将死者留给了对方。克雷昂特因此解释说：不会说话的动物相互之间也可以沟通和交流，参与不到它们当中去只能是我们的不足。但因不懂而妄加判断只能证明我们的愚蠢。

除此之外我还想说：动物有一些行为还远在我们的能力之上，甚至我们连模仿都做不到，想都无法想象。很多人证明说，安东尼在与奥古斯都的最后一场大战中之所以落败，就是因为他的旗舰在航行途中被一些小鱼阻碍了前进。这种小鱼罗马人称之为"雷莫拉（印头鱼）"，具有很大的能量，任何船只被它们吸住之后都无法再航行。罗马皇帝卡利古拉就遇到过同样的事。他在指挥庞大舰队沿着罗马尼亚海岸航行时，唯一的一艘双桅战舰居然突然无法前进，原因就是被这种小鱼吸住了。皇帝命令手下去抓这些鱼，而且禁不住惊奇：就这么一些小小的东西，仅仅靠着一张小嘴吸附在船底居然能够战胜海浪、风力和奋力划动中的船桨。更让他感到奇怪的是：在海里如此威力巨大的小鱼，到了船上却又完全没有了那种霸气。

锡齐克斯城的一位市民过去曾经赢得优秀气象预报员的称号。他之所以成功，就是因为他非常了解刺猬的生活习性，知道刺猬的洞有好几个洞口。而刺猬每当某个方向的风吹来时，就会将那个风口方向上的洞口封住。通过对刺猬洞的观察，这位市民每次都给全城发布了准确无误的风向预报。

变色龙可以根据生存环境改变自己的肤色；章鱼则根据周围环境而随心所欲地改变自己的颜色——或为避免危险，或为捕捉食物。与变色龙的因情绪而改变肤色不同，章鱼是为行动而改变肤色。我们有时遇到恐惧、愤怒、羞愧，或者其他强烈的情绪时脸色也会改变，然而这种改变只是跟变色龙一样，是被动改变的结果。有时我们的脸色甚至会变成黄色，不过，这只是黄疸病的功劳，完全不是我们自己的意志所能控制的。所以说，这些在其他动物身上表现出来的结果，比在我们身上表现得还要更加明显。这证明了它们身上还蕴藏着我们所不知道的更高级的能力，就像还有很多动物，它们的力量与本领我们还根本没有见过。

过去所有的预言中，最古老的也最准确的预言是根据鸟类的飞行姿势得出的。而我们人类自己从未能根据自己做出如此令人惊叹的预言。从翅膀振动的规律和次序中发现一连串尚未发生的事情——这种方法必然有其可贵之处，否则万难达到如此精确的地步。如果简单地把它归于动物天生的本性，而否认鸟类提供预言时候的思考推理过程，这显然难以服众，并且毫无根据。同样让我们无可争辩的例子还有很多。比如电鳐。这种鱼有特殊的本领：不仅可以麻痹接触到它的人的肢体，甚至可以隔着各种渔网使抓它的人感到双手麻木和沉重。此外，人们还说哪怕是朝它泼水，那种麻木的感觉都可以通过水传递到人身上，乃至使人失去知觉。这种本领不只是神奇，对电鳐来说还非常有用。它知道自己的本领，也常常使出这个撒手锏——捕捉猎物时，它静静地趴在海底，等小鱼从它上方经过，它就会突然施展出来这个绝招，将小鱼麻痹。麻痹之后的小鱼自然也就随它摆布处理了。鹤、燕子还有其他一些候鸟，每年都会按照季节的不同变换栖息地。这表明它们不仅知道自己的预测能力，还可以把这种能力用于实际生活。猎人们也一定告诉过我们如何从一窝小狗中选出最优秀的一只：这个工作只要交给狗妈妈就可以了。比如：将小狗从狗窝里唤出来，之后第一只被狗妈妈衔回去的就一定是最优秀的；又或者假装狗屋四周起火，而狗妈妈从狗窝里抢救出来的第一只小狗也必定是最优秀的。从这方面，我们可以看到狗妈妈不仅拥有一种我们所不知道的预测能力，还有一种跟我们不同的、更加灵敏的判断子女能力的方法。

动物出生、繁殖、饮食、行为、运动、求生和死亡等方式与我们都非常相似。也许我们可以尽量把动物活动的原因简单化，以此来抬高人类自己的地位，然而这实则是非常愚蠢的办法。在生活方式上，医生甚至建议我们向动物学习，以它们的方式为健康生活的原则。而我们在生活中，也可以听到老百姓的谚语：暖好头和脚，要学猫和狗。

生殖是我们天生的主要活动之一，我们也有着相应的生殖器官。但是医生却建议我们尽量采取动物的姿势和体位，因为这样更加有效。卢克莱修也曾经在他的作品中说过：四足动物的姿势最容易使得女人受孕，因为这么做种子更容易投中目标。

医生们还认为女人在受孕活动中自己创制的新奇和剧烈的动作其实是有害的，更建议她们学动物那样温和顺从。卢克莱修曾经分析过：如果过分激烈，快速地扭动臀部可以使男人获得更强的快感，从而让男子哪怕筋疲力尽也可以射出精子，然而这只会影响甚至阻碍女人更好的受孕。犁头偏离犁沟，种子便会偏离目标。

每个人得到他应得的酬劳是理所当然的事，既公平又正义。而有些动物热爱和保护它们的恩人，并为之服务，为之攻击陌生人和不速之客，这与我们的公平正义也是异曲同工。同理，它们在把自己所拥有的东西分给子女时，是坚持做到绝对的平等。至于在友谊方面，它们的表现甚至比人类更突出，更忠贞不渝。利西马科斯国王的狗，伊卡努斯，在国王死后固执地坚决不离开他的灵床，而且不吃不喝。在火化国王的那一天，这只狗在灵床上站起来，奋力一跃纵身火海，与自己的主人生死不弃。有个叫毕吕思的人，他的狗也是这样。在主人去世后，这只狗一直待在他的灵床上，当人们移走他的尸体时，这只狗也不离不弃，一直陪在主人身边，最后也跳进熊熊燃烧的柴堆，与主人一起化为灰烬。

我们人类有些感情并非出自理智，有时只是不自觉地油然而生，比如好感。动物在这方面与我们一样。我们可以看到马与马之间会产生一种亲密的关系，这种关系甚至可以让我们无论是在生活中还是外出，都不忍心将它们分开。我们还可以观察到它们都偏爱与同伴的毛色相同的颜色，就像我们总是偏爱某种脸型一样。它们一见到这种毛色的马，就会立即兴高采烈地跑过去，显示出非常友好的态度。但是对其他毛色的马就完全相反，非常反感和厌恶。对于爱情，动物也与我们一样，都有着各自不同的爱好，对配偶也都有自己的挑选方式和标准。至于因爱情产生的争风吃醋，它们在这方面的反应更是极端而且不可协调。

有些欲望是天生的，而且是必需的，比如饮水与吃饭；有些欲望是天生的，但是并非必需，比如男女交欢，雌雄追逐；还有一些欲望既非天生，也非必需——人类的大多数欲望都是属于此列，它们完全是多余的，人为产生的。因为大自然根本不需要这些欲望，而我们没有它们也并不会有什么不妥。我们厨房里所做的菜肴，就与大自然的安排全无关系，而斯多葛派甚至认为：一个人一天只需要吃一颗橄榄就足以维持体力。我们那甘美的葡萄酒也非大自然所赐，同样的，我们为爱欲徒增一些噱头也远非必然。贺拉斯在他作品中也曾责问：娶妻难道非要找执政官的女儿？

由于无知和错误的观念所致，大量的贪欲逐渐深入我们的内心，甚至赶走、排斥了我们天然的欲望。就如一座城市拥来大量外来人口，他们不仅赶走了原住民，还摧毁了原有的秩序，篡夺了政权、控制了城市。与人类相比，动物的行为要规矩得多，而比我们更严格地遵守、维持着大自然的规律，但是它们有时也会像我们那样做出一些失常的行为。

有一些疯狂的欲望会导致人爱上兽，相反亦然，一些兽类也会爱上人类。同理，不同的物种之间也可能发生畸形的关系，比如文学家阿里斯托芬的情敌——那头大象。它与文学家都爱上了一位卖花姑娘。大象热烈地追求着姑娘，追求者该做的事情它也都做到了，甚至技巧和热情一点都不亚于对手：在水果摊边散步时，它会用鼻子卷起水果送给姑娘；无时无刻不尽量守候在姑娘身边；有时甚至会用鼻子从领子探入抚摸姑娘的乳房。据说，还有一些更过分的故事，比如恶龙爱上女孩、大白鹅在阿索布斯城爱上一男孩、公羊爱上弹琴的女孩格拉西娅……至于猕猴追逐女人的事，我们更是都已经司空见惯了。我们还能见到雄性动物与同性动物交媾。奥匹亚努斯等人一再强调并举例动物在交媾中是如何尊重血缘关系，但是经验告诉我们：相反的事例不绝于耳。奥维德的作品中这样的事例就不胜枚举：小母牛献身生父、小母马与父亲配对、公羊和自己所生的小母羊交配、雌鸟得到赋予她生命的雄鸟的精液而受孕……

至于动物的精明滑头，则没有比哲学家泰利斯的骡子更好的例子了。有一次这头骡子驮着盐巴过河，不小心把盐袋子浸到了水中。骡子发现盐袋湿了之后，自己背上的货物就轻了不少。从此以后，每次过河，这头骡子都会故意把货物往水中浸一浸——直到有一天主人发现它的这个小把戏，从此不再让它驮盐，而只是驮羊毛。骡子看到再耍花招捡不到便宜，就不再使用这个花招了。

还有很多动物活灵活现地展现着我们的贪婪和吝啬：它们尽可能多地攫取一切能到手的东西，然后再藏起来——尽管这些东西对它们来说根本没有什么用处。

说到勤俭持家，一些动物在这方面不仅深谋远虑，必要时还做得非常科学。蚂蚁看到谷粒和其他植物种子开始发霉的时候，就会将它们拖到洞外面风干、晾晒，以免它们变质。甚至，大大超乎我们的想象，蚂蚁还会小心翼翼地咬去小麦的胚芽。因为小麦不可能一直保持干燥和不变质，只要受潮便会变软、分解，直到发芽和生长。蚂蚁为了不让它们发芽，以免失去作为食物可以储藏的特点，总是咬去麦粒最顶端通常发芽的地方。

至于战争，这一人类最壮丽、最傲慢的活动，我很想知道是否可以用来证明我们比动物优越。或者相反，以此来证明我们的愚蠢和缺点。因为战争实在是一门有关分裂、厮杀、摧毁和灭绝的高级学问，而动物之间似乎并没有这回事，战争对于它们也没有多大的吸引力。谁曾见过一头更勇猛的狮子夺走另一头狮子的性命？谁听说过树林里有野猪丧命于獠牙更尖利的同类？

但是，动物之间也并非绝对没有战争。两群疯狂的蜜蜂也可以发生战争，而它们内部首领之间的打斗也惨烈异常。

> 两王相争，群分左右，黑云压城，一触即发。
>
> ——维吉尔

如此绝妙的描写，与其说是描写蜂群，更毋宁说是一幅描绘人类愚蠢和虚荣的完美图画。人类自古以来种种战争行为令人惊恐不安、毛骨悚然，惊天动地的呐喊声、厮杀声、刀剑的碰撞声，千军万马的队伍浩浩荡荡、气壮山河……然而所有这一切兴师动众居然只不过是为了一点小事而起，为了另一点小事又可能偃旗息鼓，这是多么的可笑！希腊为帕里斯对海伦的爱情投入了伤亡惨重的特洛伊战争，整个亚洲都因为帕里斯的情欲而陷入战争，并最终毁于战争。仅仅是某个人私人的欲望、怨恨、快乐和嫉妒……这甚至不能引起两个饶舌妇为之动手，却成为这场战争的核心内容和起点。

而在古罗马帝国，一场耗尽万千人性命，涂炭许多国家和地区的战争，有时仅仅不过是因为皇帝大人的爱情或者奸情罢了。

有时用蜜蜂去对付一支训练有素的部队，这些小动物都完全有力量和勇气打胜战争。最近，葡萄牙人就曾团团围困夏迪那地区的唐利城，然而城中的居民素来有养蜜蜂的习惯。结果，他们搬来大量的蜂箱以御敌，点上火，向敌人放出蜜蜂——很快就击溃了围城的敌军，因为他们抵挡不住蜜蜂的攻击，受不了蜜蜂的针蜇。守城的居民们由于这种新型武器的帮助，不仅大获全胜、保住了城市的自由，而且——放出去的蜜蜂丝毫未损，全部凯旋。

帝王将相的灵魂与修鞋匠都出自同样的模子。如果我们一直相信他们的行动一定都很重要，产生的这些行动的原因也一定很重要，那我们就大错特错了。其实促使他们做出一些行动的原因与我们没有什么两样。

我们和邻居吵架的理由，就是帝王将相之间打仗的理由；我们鞭打一个仆人，在国王那里就是戕害某个省、某个地区。他们与我们一样轻易地改变、释放自己的欲望，只不过，他们实现得更多罢了。

至于忠诚，没有任何动物像人那样容易背叛。我们的历史书里就有好几个关于忠诚的狗为主人复仇的故事。皮洛士国王曾看见一只狗一直守在一个死者旁边，当听说这只狗已经守候了三天时，国王命令手下将死者埋葬，并把狗带走了。结果，有一天，当国王在检阅部队的时候，那只狗突然在现场发现了杀害主人的凶手，立刻扑了上去，朝着几个凶手狂吠。这件事开启了对整个案件的调查，并最终将凶手绳之以法。智者赫西俄德的狗也有同样的事迹。正是这只狗想办法将杀害主人的凶手告诉了他的朋友。还有一个有关狗的故事发生在雅典的一座神庙。这只狗看守着神庙里的东西，一次它看见一个小偷偷走了神庙里最美丽的圣物，立刻大声狂吠起来。然而，神庙里的工作人员没有领会它的意思。于是这只狗就一直跟着小偷，天亮后它仍然跟在小偷后面，不过保持着一定距离，然而始终不让小偷走出自己的视线。小偷给它东西吃，它拒绝不吃，而遇见路人狗就会向他们友好地摇尾巴，还会欣然接受他们给它的食物。当小偷停下来睡觉时，狗就在原地监视。神庙的看守得知狗在外面的消息时，立即顺着原路去寻找它，一路上不停地问行人有没有见过一只毛色如何的狗，最后终于在克罗米翁城找到了这只狗——不消说，也抓到了小偷并将其押回雅典接受应有的惩罚。法官们为了感谢这只狗所做的不懈努力，下令用公帑买了一定数量的小麦作为狗的食粮，并规定祭司们必须负责照料它的生活。普鲁塔克在他的作品中讲述了这个故事，并清楚地指明这个故事就发生在他所生活的年代，真实性没有疑问。

至于知恩图报（我觉得我们应该提倡这个品德），只要举下面这个例子就可以了——这是阿比翁讲过的一个他目睹过的故事。他说有一天在罗马城里举行公众娱乐项目——斗兽表演，参加表演的野兽全部来自外国，主要是体态庞大的狮子——其中一头尤其长得雄伟凶猛，四肢特别强壮，吼声也如炸雷般，因此一出场便引起了观众们的注意。在向观众介绍的参加斗兽表演的奴隶中有一个名叫安德罗多斯的达斯人——属于一位执政官级别的罗马贵族。那头格外显眼的狮子远远地看见走过来的这名来自达斯的奴隶时，先是突然停下脚步，好像十分惊讶，然后非常平静悠闲地缓缓向前走，仿佛在一边走一边思考是否在什么地方见过这个奴隶一样。然后，它应该是找到了答案，确定自己没有认错，变得像小狗取悦主人一样摇起尾巴，开始亲这名奴隶的手，还舔他的腿。然而，此时那个奴隶已经吓得面无血色，完全无法控制自己了。当他回过神时，终于明白了狮子的善意，然后确定自己没有看错——因为他在仔细观察后也认出了狮子。看见狮子和人互相表示友好和喜相逢的举动后，观众们心中升起一种非常美好的感觉，并随之发出了欢呼声。皇帝知道后，将这个奴隶带到跟前，让他讲讲如此不可思议的事到底缘由何在。于是，奴隶讲了一个离奇的故事。他说：

"我的主人是一个驻非洲的行省总督，他对我非常严厉而且很残忍，每天都派人打我，我受不了他的折磨就打开锁链逃跑了。为了找一个藏身的地方，躲避这个在外省有权有势的人物的追捕，我觉得唯一的办法就是独自生活，到没有人的沙漠里。我就这样下了决心——如果在那里找不到吃的东西，那就干脆自杀。那里中午的太阳太毒辣，热得让人受不了。还好，我找到一个隐蔽的洞穴。虽然很难进去，但我还是钻了进去。过了没有多久，这头狮子就出现了。当时它的一条腿受伤了，疼得直哼哼。看到它也走进洞穴，我差点被吓死。但是它看到我缩在角落里后，反而慢悠悠地走过来，还把受伤的腿给我看，好像在求我帮忙一样。然后我就帮它把扎在伤口里的一片木头拔了出来。等我们又熟悉了一点后，我又帮它压住伤口止血，还清洗了伤口里的脏东西，尽量帮它把伤口弄干净。等它的伤口没有那么痛了，感觉舒服了一点后，它就躺下休息睡觉了。不过那条受伤的腿一直都放在我手上。从那时候起，我们就一直共同生活在那个洞里，整整三年。我们一直吃同样的东西，因为它每次打猎回来，总会把猎物中最好的部分留给我。由于没有火，我就把这些食物放在太阳下晒熟了吃。时间长了之后，我就过着这种跟野兽一样的野蛮生活。一天趁这头狮子跟平时一样去打猎，我就从洞里溜了出来。在外面走了三天后，我遇到了一队士兵。他们把我从非洲送到这座城市我的主人家，主人当场判我死刑，要让野兽结束我的命。我觉得这头狮子在我走了之后没有多久也被人抓住了。现在它估计是想报答我，因为我做了好事，帮它治好了伤。"

以上都是安德罗多斯讲的。后来国王又把这个故事讲给了老百姓。正是由于这个故事，所有人都请求赦免这个奴隶。等他恢复自由后，在众人的要求下，那头狮子也被判定为给他的礼物。阿比翁说，从此人们经常看到安德罗多斯用一条小细绳牵着那头狮子在罗马街头讨钱。狮子更受欢迎，人们向它抛出很多鲜花，简直可以把它埋住，扔鲜花的时候，人们还会说："看啊，这头狮子，人的主人，还有这人，狮子的医生！"

我们经常会为宠物的失去而哭泣，而动物也会为爱它们的主人流泪。维吉尔的诗歌中，就曾为一匹战马唱过赞歌。这匹马的主人在战场上去世后，马儿"泪水流满脸颊"。

在人类的各个民族中，有的民族女人为共同所有；有的民族是一夫一妻。动物界是不是这样的情况呢？有没有比人类更重视婚姻的？

动物们为了联合起来，也会在它们之间建立起姻亲和族群关系，彼此可以相互帮助。比如牛、猪和其他群居的动物，如果你冒犯它们当中一个成员，只要这只动物叫唤，它的同类们就会赶来共同保护它。鹦嘴鱼吞下鱼钩后，它的伙伴们会聚集在它周围，齐心协力一起咬鱼线，帮它逃脱；如果一条鹦嘴鱼落入鱼篓中，它的同伴就会从鱼篓外向它伸出尾巴，让它紧紧咬住，然后把它拖出去。而魟鱼，如果有一条被人钓住了，它的同类就会用锯齿状的背鳍去锯鱼线，直到锯断为止。

生活中，我们彼此之间有时会提供特殊的帮助，而动物们亦然。鲸鱼在海中前进的时候，总有一条鲄鱼一样的小鱼在前面为它指路，为此这种小鱼还得到了"领航鱼"的称号。鲸鱼在它后面紧跟着它向前游，就像被舵柄操纵着的船只一样。作为领航的报答，当前面是大型海洋生物或者是船只残骸时，鲸鱼那无底洞似的大嘴可以立即一口吞掉这条小鱼，而这条小鱼则可以优哉游哉地躲在它嘴里，甚至还可以在那里睡上一觉——如果它睡着了，鲸鱼就一动不动。当它一旦离开鲸鱼的大嘴时，鲸鱼又会继续跟着它前行。万一不幸，鲸鱼没有跟上"领航鱼"，那它就会到处乱游，像失去舵的船一样，还会撞到礁石，弄得自己浑身是伤。普鲁塔克在安提西岛上就遇到过这种情形。

　　同样的友好关系还存在于一种叫作戴菊莺的小鸟和鳄鱼之间。这种小鸟担当鳄鱼的哨兵。当鳄鱼的敌人——獴靠近鳄鱼的时候，戴菊莺害怕敌人会趁鳄鱼睡觉的时候偷袭它，就会尖叫而且会用鸟喙啄醒鳄鱼，告诉它危险正在来临。而平时，小鸟就以鳄鱼的食物残渣为生：鳄鱼会亲切地为小鸟张开大嘴，好让小鸟在它的牙缝和牙床里啄食残留在里面的碎肉。即使它想合拢嘴巴，也会提前让小鸟先出来，然后再缓缓合上，绝不会伤害到小鸟。

　　有一种贝类动物——江珧也以同样的方式与豆蟹，这种小螃蟹共同生活在一起。豆蟹是江珧的警卫和门房。平时江珧的两片贝壳是张开的，豆蟹就在门口站岗。而当看到小鱼游过来时，豆蟹就会不失时机地狠狠夹一下江珧的肉。江珧感到疼痛就会立刻收缩肌肉，合并贝壳——小鱼也就被夹在了贝壳中，成为江珧和豆蟹共同的美食。

而金枪鱼，从它们的生活习惯中我们可以看到三种科学的灵活运用。首先是天文学：它将这门科学教给人类，通过它自己的生活习性——因为金枪鱼在冬至的那天就会待在原地，不再向前游，一直准确地持续到下一个春分。由于这个原因，亚里士多德甚至愿意以它们的名字命名天文学。至于几何和算数，我们可以注意到：不论是从什么角度看，金枪鱼群总是以正立方体的形状前进，六个面都是面积相等的正方形，这种"战斗阵形"不仅结实、牢固，而且紧密、封闭。这个正方体由于前后左右一样高、一样宽，里面的鱼群自然也是长、宽、高相同，因此只要数一行鱼的数量，整个鱼群的数量就很容易计算出来了。

说到大度霸气，有一只狗将这个特点表现得淋漓尽致。它是印度人送给亚历山大大帝的礼物。当人们牵来一头鹿让它与鹿斗一斗的时候，它根本不理睬。然后是一头野猪，再然后是一头熊，但是狗依然是不理不睬，岿然不动。直到最后当它看见一头狮子上场时，这才猛地站了起来——非常清楚地告诉大家，这才值得搏一搏。

至于后悔和知错就改，我们可以参考一头大象的做法。这头大象在发狂时杀死了驯象员，于是感到自己罪孽深重，于是不再进食，最终在悔恨中绝食而亡。

至于宽厚仁慈，我们也可以看一只老虎的例子。尽管人们都认为老虎是最没有人性的野兽，然而有一只老虎，当它的主人拿一只小羊给它吃的时候，它却宁肯挨饿，也不吃那只小羊。前两天，它只是强忍着饥饿，第三天——冲破牢笼四处去寻找食物，但是始终都没有碰那只小羊——因为那只小羊一直是它的同伴和客人。

关于动物生活得舒适与惬意，我们一般都认为是猫、狗或者是被圈养的兔子。但是只要去过西西里岛附近海域的人都知道：翠鸟的生活完全超越我们人类的想象力。从受孕到分娩、成长，还没有任何一种动物能受到大自然如此的厚待。那里的德洛斯岛，诗人们说从前只是一座浮岛，天神宙斯为了让拉托娜女神顺利生下阿波罗和阿尔忒弥斯这对孪生兄妹，而让人将这座岛固定了下来。然而上帝，比宙斯还要慷慨，让整片海域都风平浪静，一派怡然。冬至那天，也就是一年中白天最短的那天，翠鸟开始繁衍后代。那时不仅没有风雨，而且大海平坦如镜。由于大自然的厚待，我们在严冬的七天七夜里也可以在这个地方畅通无阻、平安平静地航行。生长在这片特殊海域的雌性翠鸟一生只接受一个雄性伴侣，终生不渝。当雄鸟年老体弱的时候，雌鸟会将其驮在背上，无论去哪里都带着它，直到死亡为止。除了它们生死相依的感情，还有一个地方我也始终没有明白：翠鸟筑巢养雏的技巧。它们的巢我们始终不知道到底是用的什么材料。普鲁塔克曾经见过并接触过许多这种翠鸟的巢，经过仔细观察他得出的结论如下：这些翠鸟把某种鱼的骨头束在一起，有横有竖，再加上一些弧形和圆形的骨头，最终将巢筑造成一个可以随时下海航行的"小船"。当巢筑好后，翠鸟会将其推到海边，让它经受海浪轻柔的拍打，从而由海水来检验出哪里还需要加固，哪儿的结构在海浪的拍击下暴露出隐藏的肢解危险。同时海浪也可以起到加固的作用：它们的拍击可以使得接口更加牢固，不再可能断裂或者松散。经历了海浪的检验后，除非遇到过分的撞击，一般的石头或者铁块都无法损害到鸟巢。更令人惊讶和赞叹的还在于鸟巢的大小比例和内部结构：只有翠鸟自己可以舒服惬意地居住在内，而其他任何鸟类都无法进入。巢的封闭性不仅针对外来者，甚至连海水都无法渗进去。这是对翠鸟的巢的详细描述，而且信息来源也非常可靠。然而，我觉得这也还不足以解释这种"建筑物"的复杂性。当我们面对这样的杰作，别说模仿，连理解都无法做到的时候，我们还有什么理由来蔑视动物，满足自己的虚荣心？

我想更进一步来说明我们与动物之间的平等，以及相互之间的感应。我们的灵魂具有其独特的、可以让我们引以为荣的特点，它可以在我们观察事物时让我们能够去芜存菁、去伪存真，将事物细枝末节的地方忽略掉，而只重视它们纯粹的、精神的本质。本质之外的东西犹如肮脏和多余的衣服，其厚薄、长短、大小、轻重、颜色、气味、粗细、软硬等，一切可以感知的偶然的特性，都不再阻碍我们的视线。比如，罗马和巴黎在我心目中就是这样的地方。我心中的巴黎没有地标，没有边界，没有石头，没有粉刷，没有木材……同时我也认为：动物与我们一样也拥有这样的能力。长年累月征战于战场的马，已经习惯了号角声与枪炮声，即使它生病睡在干草堆上，有时也会因身体突然战栗而醒来，仿佛仍然在战场上一样。可以肯定的是：它的灵魂听到了寂静的战鼓声，看到了不见武器和士兵的军队。

即使是猎狗在梦中追逐野兔时，我们依然会看到它气喘吁吁，尾巴翘起，四肢急剧地摆动，俨然真实地奔跑状态。这时的兔子，是只有本质，没有皮毛没有骨头的兔子。

我们也经常可以看到看门狗在梦中叫唤，继而狂吠，直到突然醒来为止——就像见到了陌生人一样。它们的灵魂看到的这个陌生人，是精神的，看不见的，没有大小，也没有颜色，并不是真实存在的人。

　　至于身体的美，在谈这个话题之前，我必须知道我们对美的描述是否都一致。我们并不大知道什么是本质的美，什么是一般的美。因为人类有千千万万种形态，与之对应的还有千千万万种美。如果美有一定的本质属性，我们对其也就有统一的观念，就好比都知道火的特点是热一样。然而对于美，我们却按照自己不同的爱好去自由想象它的形态。

　　印度人所描绘的人体美是：黝黑的肤色，丰满的嘴唇，扁而宽的鼻子——鼻孔间的软骨处还要穿一个大金环，一直垂到嘴边。他们还喜欢在下嘴唇上挂一个宝石圆环，让嘴唇下垂，露出牙龈——认为这也是美。而在秘鲁，人们认为耳朵越大越漂亮，因此他们想方设法地把耳垂向下拉。今天还有人说他曾在东方遇到过一个民族：那个民族热衷于将耳朵拉大，越大越好。因此他们在耳朵上戴起沉重的珠宝，还设法将耳孔撑大——大到连手臂带衣袖都能穿过去。有的民族热衷于涂黑牙齿，而对白牙齿嗤之以鼻；而有的民族却又喜欢把牙齿染成红色。至于女人，不仅在巴斯克，还有其他很多地方，甚至是冰天雪地的北方，都有许多人认为留平头最美。在墨西哥，女人从前以小额头为美。她们将身上所有毛发全部拔下集中在前额，还留出各种造型。此外她们还特别看重大乳房，认为能够把乳房甩到肩膀上给孩子喂奶特别美——这些我们都认为很丑。

　　意大利人以高大肥胖为美；西班牙却认为干瘦才漂亮。

至于我们自己，有人认为皮肤白净为美，有人觉得皮肤褐色更好看；有人认为美是温顺、纤弱，有人却又觉得美是健康、强壮；有人追求妩媚、温柔，有人热衷威严、庄重。

至于形体，柏拉图偏爱球形，伊壁鸠鲁派则崇尚锥形和正方形——他们无法容忍神的形象与球形挂钩。

但是不管怎样，大自然并未赋予我们更多美的特权以及美的规律。如果我们自认为不错，但是也会发现：虽然某些动物不如我们，但是更多的动物在美的方面却超过我们。我们甚至不如一些陆地上的同类美。至于海洋动物，如果不谈形体的话——那是两码事，无法对比，无论从颜色、光泽度、亮滑度还是匀称度来比较，我们都不如它们。此外，我们也不如空中动物。至于人类直立行走、仰望天空的特性，"万物莫不低头行走，唯有人类可以仰望天空，远观星象"，这只不过是诗意地表达而已。许多动物也都是目光朝向天空的。在这方面，至少骆驼和鸵鸟的脖子就比我们伸得更长，更直。谁看得更高远呢？

哪一种动物的脸不会朝上、朝前？哪一种动物的眼睛不会如我们一样向前看，正常姿势下不跟人看到同样大的天空和陆地？

柏拉图和西塞罗论证的我们人类身体上的优点，又有哪些不能同时适用于千千万万的动物身上？

外表与我们最像的动物偏偏是同类中最丑陋、最猥琐的——从外形和脸形来看，莫过于猕猴和狒狒了。

如果比内脏和生殖器官的话，猪与人类更像。说实话，每当我想起一丝不挂的男人时——外貌美丽的女子也是如此，他身上的瑕疵——先天缺陷和后天不足都让我觉得：我们比任何动物都更需要将身体用衣服遮掩起来。从这一点上来说，我们将大自然所赐给动物的东西——皮草、羊毛、兽皮、丝绸……都一一借过来使用，用它们的美来装饰自己，隐藏自己，倒也是情有可原的。

最后还请注意：我们是唯一因自身的缺陷而令同伴不快的动物，也是唯一在进行天性活动时要回避同类的动物。所以有一件事值得我们深思：有经验的人在浇灭一个人的爱情火焰时，给其开的药方只是：充分地、自由地看看所追求的人的赤身裸体即可，保证"药到病除"。这个处方可以用一种微妙的、容易厌倦的心理来解释。习惯和熟悉使我们容易厌倦对方，这是表现我们缺点的一个重要标记。这就不难理解优雅的女士们为何总是小心翼翼地不让我们走进她们的化妆间，除非她们已经化好妆，准备好了出现在公众面前。这并非出于小心谨慎，或者是廉耻心。

然而，动物们的全身我们都喜欢，每一部分都令我们感到愉悦。甚至它们的排泄物和分泌物，我们都可以从中提炼出美食，或者做成美丽的装饰品、昂贵的香料。

这些论述只涉及我们普通的生活方式，既不会亵渎神圣，也不牵涉任何神圣的、超自然的或者是非同寻常的美。这些美，偶尔在凡间可以闪现，犹如有形的、俗世的帷幕下灿烂的星光。

总之，我们认为动物受自然恩赐而得天独厚的东西，对它们自己来说也是非常有用的。而我们所赋予自己的一些优点都是虚构或者空想出来的，实际上并不存在，比如说理智、科学和荣誉等。与之相反，我们可以和动物分享一些现实的、明确的、可感知的优点，比如和平、安宁、纯真与健康。健康是大自然赐予我们的最为美好、最可贵的礼物，以至于哲学上，包括斯多葛学派的哲人们都愿意用智慧来换取健康。如果以智慧可以换取健康、摆脱疾病，他们一定答应交换。然而把智慧与健康相比，还有另外一个不恰当的比喻，也证明健康对于人比智慧更加重要。哲人们说如果有魔术师给尤利西斯两种饮料，一种喝了可以变成聪明的动物，另一种喝了会变成愚蠢的人——尤利西斯一定会选择后者。因为智慧之神会对他说："放下我吧，我宁可远离，也不愿被放进驴子的身体里。"怎么？如此伟大而神圣的智慧，却连哲学家都宁肯放弃而换取那凡夫俗子的臭皮囊？原来我们优于动物的，不是我们的理智，不是我们的推理能力，也不是我们的灵魂，而是我们的美！我们那红润的面庞、和谐的四肢……为了美，我们宁肯放弃智，放弃德，放弃一切。

然而，我接受这种天真率直的说法。因为他们如此坦诚地表明：我们一贯引以为豪的智识等等优越性，都是空洞的臆想。即使动物具有人类所有的德行、科学、智慧，乃至斯多葛派的一切能力，它们也始终只是动物，也始终无法跟一个可怜的、邪恶的、麻木的人相提并论。因为按照这种观点，一切与人不同的东西都毫无价值。即使是上帝，若想变得有价值，也应该与人相似。由此可以看出，并不是通过真正的思考与论断，我们才以为自己比动物优越，而是出于愚蠢的骄傲和无知的固执，我们才一直这样认为，并且不承认动物的地位，不接受动物组成社会的能力。

但是书归正传，在我看来，我们人类善变、犹豫、迟疑、苦恼、迷信、担心未来（甚至操心死后的事情），以及野心勃勃、贪婪、嫉妒、仇恨、疯狂，还具有不可抑制、无所节制的欲望，与此同时还好战、撒谎、不忠、恶意诋毁别人、好管闲事。毋庸置疑，我们为引以为自豪的理智、推理能力、判断能力付出了过于高昂的代价——所谓的这些能力不过是种种的情绪与冲动在我们大脑内萦绕不散罢了。更有甚者，如柏拉图，为了证明我们比动物具有优越性，提出证据：大自然为动物规定了发情的季节和种种条件，而人类，却不受大自然任何条件的约束。

瓦罗和亚里士多德以博学、博闻而知名，然而这种博学、博闻能够给我们带来什么好处呢？可以使我们避免种种人类的不便与坎坷么？能够为脚夫排忧解难么？能够让逻辑缓解痛风的症状么？能够让有关恶性体液隐藏在体内的知识为病人减轻痛楚么？可否让我们不惧生死——仅仅因为知道有些民族不怕死亡？可否有勇气跟别人分享自己的女人——仅仅因为知道有些民族共同享有所有的女人？相反，尽管在知识方面他们都是首屈一指的大人物，在科学最繁荣昌盛的年代，一个是罗马人的大师，一个是希腊人的巨匠——我们却看不出来他们在人生中有何种特别优越的地方。而希腊的这位巨匠生平还有得忙活——为了洗刷自己身上一些众所周知的污点。

有谁见过熟识天文与语法的人就性欲更旺盛、身体更健康吗？难道不是羞愧与贫困在这两个方面影响更大么？

我见过成百上千的工匠和农夫，他们比一些大学校长更聪明、更幸福，我更向往像他们那样生活。我同意知识如同荣耀、高贵、尊严一样，是人生所必需的；或者如同财富以及其他种种好处，对人非常有用。然而，我更想说：知识在想象中比在实际中更有用。

我们在社会中生活，并不需要分工明确、规则严谨、法律繁多。鹤群和蚁群似乎也需要这些，但是显而易见的，它们尽管不懂得什么规定，却能行为举止特别规范有序。如果人类真的明智，那么就应该看到每种事物最朴素的价值，而评判的标准就是它们对人最有用、最合适的一面。

如果以德行来衡量，我们就会发现：无知者与智者相比有着更多的杰出人物。而同样是罗马，在我看来，古罗马无论是在和平还是战争方面都比现在这个有知识的罗马带来更多的价值。即使其他方面不相上下，至少在诚信和纯洁方面，从前的罗马更胜一筹，因为它更简朴。

不过，这些话题说来话长，与其滔滔不绝，不如就此打住。我只想讲一点：只有谦卑与顺从才能真正造就正人君子。不应该让每个人都去思考他的责任，而是应该明确地要求他，不让他去推理、去想象。否则，由于我们的理智和信念不仅不坚定，而且善变，会让我们臆想出一些不道德的责任，从而如伊壁鸠鲁所说——最终导致人与人之间弱肉强食。绝对服从是上帝为人类定下的一条基本律法，这是命令，简单、明确，不容质疑与讨论。服从是一个承认上天的善与崇高的明智的灵魂必需的责任。服从与认同才能进而产生其他的种种美德，与之相反，怀疑与自负导致所有罪恶。人性受到的第一个诱惑便是来自于魔鬼——他投下的第一剂毒药便是科学和知识的承诺："你们将如神一样明知善恶。"《荷马史诗》中的美人鱼也是用相同的办法，赠予奥德赛以科学，从而把他骗进了她们那危险致命的水域。什么都想知道正是毁灭人类的瘟疫，这也是为什么我们的宗教总是强调我们要保持无知，因为这正是通向顺从与信仰的要道。"你们要小心，也许会有人不顺从基督，而是按照人间的习惯与凡俗的知识，用他的智识和妄言将你们掳去。"

不论是何种流派，哲学家们在一点上是都达成共识了的：至善存在于灵魂与肉体的平静之中。然而，如何才能得到灵魂和肉体的平静呢？

老实说，大自然只是为了安慰一下我们这些可怜、脆弱的人类，才把自以为是的品性赐予了我们。爱比克泰德说过："人没有任何东西真正属于自己，除了自以为是。"不过，我们分得的品性无非是镜花水月罢了。哲学书上说："诸神以健康为实在，疾病仅限于思想上；人类，与之相反，财富仅限于思想上，疾病却是实在。"所以，我们有理由歌颂想象的力量，因为我们的一切全都是在臆想之中。大家听听人类这个可怜、可悲的动物如何自吹自擂。西塞罗说："世上一切莫如文字。以文字可见无穷事物，可见无限自然之伟大，天空，大地，海洋，无一不明了；以文字，可获宗教、节制与勇敢，其将使人类摆脱蒙昧与黑暗，辨识崇高与卑微，认清事物的高下等级；以文字，可得生活之幸福，人生之所求；以文字，可脱生之艰难与痛楚。"这位智者难道说的不是无所不能、无所不在的上帝吗？

至于事实，与这位哲学家相比，那些生活在村庄里的成千上万的小女人生活得不比他更平和、甜蜜、实在吗？

这些语言讲得的确精彩、优美，然而只需一个微不足道的小事故，睿智的作者便会遭遇比可怜的牧羊人更为悲惨的命运，尽管有他的文字——这个家庭教师和神圣的智慧保护者。德谟克利特的书中同样也有一句话大言不惭："我来谈天地万物。"亚里士多德给予我们人类"寿命有限的神"这个愚蠢的称号，而克里希波斯则认为狄翁与神拥有同样的德行。我所喜欢的塞涅卡也说他承认是神给了他生命，但是他靠自己使生命拥有了意义，使生命符合了另一位作者的标准："我们为自己的德行感到骄傲；如果说其来自于神，而非来自于我们自己，实在大谬。"类似的蠢话其实早已司空见惯。然而，我们中间没有任何一个人曾因把自己比作上帝而惹众怒——大家看待这样的人犹如看待把自己比作动物的人，无动于衷。由此可见，我们是多么地更关注自己的利益，与之相比，我们连造物主的利益都不关心。

但是，我们更应该做的是：将这种愚蠢的虚荣自大踩在脚下，将错误的哲学观点、赖以生存的基础勇敢地、激烈地予以摧毁。只要人类认为自己还拥有一定的力量和手段，就永远不可能接受主的教导。正如众人所说的那样：什么样的蛋孵什么样的鸟。必须脱去人类的外衣，让其认识到真实的自己。

让我们看看几个著名的例子。

斯多葛派哲学家波塞多尼乌斯身染重疾，病痛折磨得他手臂发抖，牙齿打架，然而这位哲学家却在想着如何嘲弄病痛，因为他还是喊出声来："你疼也没用！我不会认为你是恶的。"他感觉到的疼痛其实与我的仆人没有什么两样，只不过至少语言上他坚持了自己的教义。然而西塞罗早就说过："绝不做语言上的巨人，行动上的侏儒。"

阿凯西劳斯饱受痛风之苦，卡涅阿德斯去看望他，面带遗憾与惋惜地转头告辞时，他却叫住了朋友，指指自己的胸部和双脚说："到目前为止，痛风还没有从脚扩展到胸部。"卡涅阿德斯听到后，心情好转很多。因为他很为自己的朋友难过，通过这些话，他至少得知病人虽然饱受折磨，但是并未丧失战胜病魔的信心，意志也并没有被摧残。不过在我看来，阿凯西劳斯那僵直的身体已经暴露了一切，恐怕他并未说出实情。而狄奥尼索斯在饱受眼痛之害后，干脆放弃了他的斯多葛派信条。

即使科学真如他们所说的那样，可以减轻和缓和痛苦对我们的折磨，那它跟无知相比，哪里有那么明显的效果！哲学家皮浪有一次在海上遇到大风暴，为了安慰其他乘客和让他们安静下来，就让他们学习一头面对风暴保持镇定的小猪。面临生死痛苦等问题，哲学在穷尽所有知识后，最后居然建议我们向竞技者或者赶骡子的人学习：因为我们可以看到这些人平时对死亡、疾病和其他不幸事件更为麻木。也就是说，他们更加坚定，超越了那些先天没有这样的品质、后天也没有受过相关训练的有学问的人。给儿童柔嫩的四肢，或者是马儿的腿做手术，总是没有给我们成人做手术那么痛，如果不是因为他们无知，又是因为什么呢？而多少人生病全是出于想象力？又有多少人放血、催泻、求医问药，治疗的却只是"推理"出来的病？真正的疾病并未降临在我们身上时，科学借助于我们的认识给了我们想象出来、推理出来的疾病：这种颜色和这样的面色预示您得了卡他性炎症；这样的炎热季节可能会使您发烧；您左手生命线的断纹预示在不久的未来身体会有严重不适……凡此种种。最后，科学还公开地挑战健康，诸如：年轻人的活力不可能始终如一，必须抽掉一点气血，以免它们危害到自己。一个是受大自然的引导，按照即时的感觉来衡量事物，不懂科学、不会预测，生病就是生病的农民；另一个是有充分的想象力又懂所谓科学的得了结石病的人——我们不妨比较一下二者：后者恐怕在肾脏里长出来结石之前就已经先在大脑里生了这种病，似乎他嫌结石带来的疼痛不够早，所以才预先想象之，迫不及待地欢迎之。

我从医学中得来的这些结论，同样也可以广泛地针对其他的科学。由此产生了哲学上的这个古老的观点：至善在于我们承认自己判断力的脆弱。无知虽然给我带来恐惧，但也带来同样多的希望。在健康问题上，我一向从别人那里吸取教训，看看别人是如何面对这些问题的。这样的事例数不胜数，而我，只是从中选择对我最有利的。我敞开心胸欢迎充分的、完整的、随意的健康，并且享受健康，尤其是现在——健康对我来说变得越来越不寻常，越来越罕见。但是我才不会去通过别扭的、充满强制性的新生活方式来扰乱健康的平静与柔和。动物们已经清楚地表明：精神上的紊乱才是我们很多疾病的源头。

有人告诉我们，巴西人的死亡只有老死这一种原因，这归功于他们那里宁静和平和的天空。我自己却认为这更归功于他们宁静和平和的灵魂——避免了任何过度的激情、紧张的情绪或者让人不快的思想的灵魂。他们在简朴和无知中度过一生，没有文字，没有法律，没有国王，也没有任何宗教。

大家凭经验可以获知最粗野、最不优雅的人在性爱上也最强壮，最受青睐，赶牲口的俗人做爱比一个优雅男人也更令女人受用。为什么会有如此的观点呢？因为优雅的人在精神上过分的活跃反而影响了他的体力，使之更容易减少和衰竭，当然，同时也让精神疲惫不堪。

你们想找一个人格健全、心智健康的正常人吗？那先让他懒散、蒙昧、呆滞起来吧。若要智，必先愚；走正道，必先迷。若有人告诉我：对待疼痛与病症若是一味地冷静乃至麻木，自然会有好处，然而其坏处也是自然而生——对待惬意与快乐也会因此而麻木不觉，我认为非常有道理。然而，不幸的是：我们可资享受的并没有可待逃避的多。即使是欲望的满足，极端的肉欲给我们的伤害也绝非只一点点。"乐感远逊于痛感。"全身心的健康我们从来都感觉不到，细枝末节的小病却感觉非常灵敏。皮肤的一点擦伤，就会让我们感到疼痛难忍，然而健康却基本上感觉不到。

我们所谓的自在，只是没有生病罢了。这也是为什么即使是最追求享乐的哲学派别，也只是把欲望满足归为不再感受到痛苦。无疾无恶，便是人类最大的福，也是人类最大的期望了，恩尼乌斯也是如此认为：没有不幸，便是最大的幸福。

也许正是这种我们寻欢作乐时的痒痒或者刺激，让我们超越了简单的健康，或者说麻木没有感觉。这种强烈的快感，让人欲仙欲死，又无可形状，其目的也只不过是让我们摆脱了麻木不觉。促使我们亲近女色的激情，也不过是为了让我们摆脱强烈、疯狂的肉欲所带来的痛苦。只有满足这种欲望，我们才会平静下来，不再受其困扰。而其他的欲望也莫过于此。

所以我才认为：简朴可以引导我们朝着没有痛苦的方向前进，可以在已有条件的基础上让我们达到幸福的境地。

但是，不应该把简朴视为愚钝，更不应该想象成完全没有感觉。克兰多尔就曾经批评过伊壁鸠鲁的麻木主义，因为后者甚至把麻木上升到无视、否认疾病的地步。我不赞成这种既不可能、也不值得希求的麻木。生病自然不会让我开心，然而如果生病的话，我也乐于知道我在生病。同样，如果有人拿火烫我、拿刀割我，我也希望能感受到。老实说，如果人们完全无视、不认识痛苦，那么也就无法感知欲望、了解欲望，最终的结果必然是人类的毁灭。所以西塞罗才说："若使痛苦不在，代价必然不菲——精神麻木，肉体麻痹。"

反之，祸亦是福。对待痛苦不必总是逃避，对待欲望亦不必总是满足。

当科学无法保护我们、解放我们，让我们摆脱病痛的压迫、命运的摧残与折磨时，它将我们扔给了无知。然而，这正是对无知最大的褒奖。科学让我们在生病时思考，让我们在没有欲望时想象，面对诸多痛楚与磨难它只能安慰我们，让我们回忆以往的方便，求助于已经失去的快乐，这又有何用？且看伊壁鸠鲁解决烦恼的妙招："若想减轻烦恼，只需让头脑细细回忆以往的欢快。"科学的这种诡计，犹如一个人精疲力竭的时候，身体和双臂不听使唤，却想靠身体的柔韧性和双腿再做最后的挣扎。然而，会有任何用处么？明白这个道理，不需要是哲学家，只要是个略懂常识的人，在他真的热渴难耐的时候，回味一下希腊葡萄酒的甘甜就能有所缓和吗？恐怕不仅于事无补，反而会让人更加痛苦。

类似这样的无用建议还有一条，也是哲学告诉我们的，说是人类可以只记住以往的幸福，忘掉所经受过的苦难，似乎我们已经完全掌握了遗忘大法一样。

怎么会这样？科学本应该武装我的大脑，让我与命运做抗争；本应该给予我勇气，以将人类一切苦难踩在脚下。为什么会软弱到如此地步，竟然要我滑稽懦弱地东躲西藏？因为记忆再现给我们的东西，绝非是我们自己的选择，而是记忆自己所乐于再现的。甚至在记忆当中某些印象最强烈的事物，偏偏正是我们所最渴望忘记的东西。越是提醒自己忘记某些事物，却会将其记忆得更牢固，脑海里保存得更长久。"我们尽可以埋葬和遗忘不幸，心中只有对所喜欢事物的欢愉回忆。"这很明显是错误的。然而下面这句话是对的："我甚至记得不愿记得的一些事情，却无法忘记希望忘记的另一些事情。"

清空与放弃回忆，不是一条真正合适的通向无知之路么？

"无知无以治疗我们的毛病。"这样的箴言还有很多。然而，当蓬勃刚劲的理性也无能为力的时候，对此我们只需要借用普通老百姓的轻飘飘的几句话，便可以求得内心的满足与安慰。即使不能治愈伤口，至少可以缓和、减轻疼痛。我认为这些话跟我的意见一致，也就是说即使缺少判断力，或者是思考能力，他们依然可以维持快乐和宁静的生活，并且让人们变得更有条理，更安定。

纵然被视为疯癫痴傻，吾亦将饮酒赏花。

——贺拉斯

有不少哲学家都同意力卡斯的观点。此君行为通情达理，家庭生活亦甜蜜平静，对家人和外人从不推卸应负的责任，对危害未雨绸缪，但是由于精神上的紊乱，他的大脑中一直有一种幻象：他在戏院里看戏，看的是各种大小演出，以及世界上最美好的戏剧。医生们给他治好了这个恶疾之后，他却差点将他们送上法庭——让他们还他那甜蜜的想象：

> 你们夺走了我甜蜜的幸福，抢去了我快乐的幻觉。
>
> ——贺拉斯

毕达哥拉斯的儿子也患有同样的精神病：他坚信所有在港口停泊和靠岸的船只全部都属于他，为他服务，而且他也分享这些船只的航运收入，所以欢迎它们的到来。他的兄弟帮他恢复了正常的神智，但他还是眷恋原来的生活，后悔失去那种无忧无虑的快乐。无知得到的快乐更多，下面这句古希腊的诗歌就表达了这个意思：

> 智慧每多伴愁烦，知识从来增忧伤。
>
> ——索福克勒斯

《传道书》上亦如是说。懂得越多，越徒增烦恼；知识越广，越饱受压力和折磨。

有一种观点，哲学家们一般都同意。那就是：面对种种困难，假如实在无法忍受，那最终的药方就是——干脆结束生命。"过得好？那就继续如此生活。过得不好？那就远离。感到刺痛？想象下撕裂之痛吧。如果无法抵抗，那就将脖子伸过去任人宰割；如果有武器在手，你也无所畏惧，那就坚决抵抗。"希腊人宴会上的一句话用在这里也很合适：要喝就来，不喝就滚！不过这句话加斯科尼人说出来要更为合适，与其相比西塞罗发音要差一些。

我觉得哲学家们开出这个药方，只是将问题又抛给了无知、愚昧、麻木和虚空，除了无能以外，还能证明什么？

安提西尼说："必须积累智识以致知，或者准备绳索以上吊。"克里希波斯却引用了诗人提尔泰奥斯的话：

> 要么拿出你的勇气，要么去死。

克拉特斯说："如果时间无以让人忘掉爱情，饥饿也可以治愈这病；如果两种办法都不奏效，那就给脖子准备根绳子吧。"

塞克斯蒂厄斯是塞涅卡和普鲁塔克都特别推崇的人。这位哲学家放弃一切潜心哲学，最终却投海自尽，一死百了——因为他受不了自己进步太慢，目标太远。他尽管科学知识渊博，最终还是求死以解脱。下面是有关这件事最后的结论："如果遇到突然发生且无法解决的大麻烦，而离港口又很近的时候，可以跳进水中游泳。脱离躯体与脱离行将沉没的小舟一样，因为是出于对死的恐惧，而非对生的渴望，傻瓜才不肯离开自己的躯体。"

正如此前我说过的那样，生活由于简朴而快乐，也因简朴而更纯真，更美好。圣保罗说："纯真的人，无知的人都升入天国，且为天国所爱。而我们，由于拥有知识，陷入地狱般的深渊。"

我不会多谈公然宣布以科学和文学为敌的瓦伦蒂尼恩，

也不会多谈利西尼厄斯。这两位罗马皇帝都将科学与文学视为一切政治的毒药和瘟疫。也不会多说穆罕默德，我听说他不许他的信徒接近科学。但是我要说的是伟大的利库尔戈斯，他的权威一定有相当的说服性；还有神圣的斯巴达制度——如此伟大，如此令人赞叹，如此长久的在德行与幸福生活方面繁荣昌盛的制度，虽然拒绝一切教育和文化。

所有从新世界——为我们父辈时代的西班牙人所发现——回来的人，都说那里的民族没有法官，没有法律，但是活得却比我们更正直规矩。我们有更多的法官和法律条文，却不见有他们那样正直规矩的人和正直规矩的行为。

几个世纪前，罗马元老院的一个议员说了类似的一个例子。他说他们的前辈嘴里是难闻的大蒜味儿，但是心中却是良心正义；到了他们这一代，议员们每个人身上都香喷喷的，但却是一肚子坏水。也就是说，如果我没有弄错的话，他们都很有知识，很有才华，却丧失了做人之根本。无教养，无知识，简朴与粗鲁总是伴随着纯真；而好奇心、机智与知识却将诸多恶习带来，破坏了人本来的纯真。谦卑、恐惧、服从与宽厚，这些品质都是保护人类社会之所以存在至今的主要品质。它们所要求的，是空旷的心灵，温顺的性格与从不自以为是的态度。

基督徒都特别清楚：好奇心是人生来具有的本性恶习。处心积虑地增长智识是人类走向毁灭的开始，是一条急速通往永恒地狱的近道。傲慢就是自我毁灭、自我腐化。它将人类牵引向许多标新立异的道路，迷途其中不可自拔，宁肯做异端邪说的带头人，也不肯回归正道——真正地学习真理，正确地接受教导和指引。古希腊的这一句话刚好说明这种现象：迷信跟随傲慢，亦步亦趋，如子随父。

啊，傲慢，你是多么妨碍我们走向正确之路！苏格拉底在获悉智慧之神将智者的称号颁发给他之后，他却异常惊讶：不住地自我审视、自我检查，发现不了自己成为智者的任何依据。因为他还认识很多像他一样正直、温和、坚强和博学的人，这些人比他还更雄辩，更英俊，对国家更有用。最后他终于明白：自己之所以被称为智者，乃是因为自己从不以为自己是智者；神将自以为是、自以为博学多才的人视为尤其愚蠢的人。神最重要的学说是关于无知的学说，最大的智慧在于对简朴的坚持。

《圣经》将那些自以为是的人视为非常可怜、可悲的人。它直接警告这些人："烂泥与草灰，你凭何倨傲？"另外，神将人制作得与影子相似，当远离光明的时候，影子消失，谁还可以来评判人？

我们什么都不是。以人的能力，还远远无法认识造物主的伟大。他给我们留下最能体现他的作品，然而我们却知之甚少。对于基督徒，这些作品是信仰造物主的机会，而不是不可思议的事物。按照人类的理性，它们是反理性的。然而，若是依照人类的理性而写，这也就不再是奇迹了；而若是有先例，这也就不再是绝无仅有的了。圣奥古斯丁说："如若无知，我们会认识上帝。"

柏拉图认为过分穷究神与世界，以及万物的起因，都是一种亵渎。

我们总是说权力、真理、正义，这些词语都跟某个伟大的事物有关，然而我们无法看到它，也无法想象它。至于我们说神担心、神气愤、神爱护……这都不过是想用凡人的词语描绘神圣。

所有这些动作与情绪都不能像在我们身上一样在神那里表现出来，我们也无法想象神会具有跟我们同样的动作或者情绪。只有神自己才可以理解、阐释他自己的作品；也只有神自己才能将自己的作品翻译成我们——这些地面上生活的凡人——所能理解的语言。明智都不适合用来形容神，因为智慧只是用来明辨善恶，而神已经超出了善恶——恶根本无法触及神。理性与智慧被我们用来摆脱蒙昧，明白事理，但是神又怎会与蒙昧有关呢？正义，它使每个人得到自己所应得的东西，然而它的产生只是为了满足社会和人群的需要，又与神有什么关系呢？节制，是指肉体的欲望，它在神性中更无地位。至于忍受痛苦、劳累、危险，与神也没有什么关系。因为这三种东西根本无法靠近神。因此亚里士多德认为神超于德行与罪恶之上。

我们无论如何去认识真理，都不是基于我们自己的力量。神通过他的选民让我们知晓这些。他在普通人之间挑选那些单纯而无知的人作为真理的见证者，让他们告诉我们那些令人赞叹的奥秘。我们的信仰，并不是我们求得的，而是别人自由赠送的礼物；我们的宗教不是出于推理，也不是出于智慧，而是出于外在的权威与指示。脆弱的判断比我们所有的力量对我们的帮助还大，而我们的盲目比远见更为重要。我们之所以能够得到神圣的知识、真知灼见，更多的是因为我们无知，而不是因为我们懂科学。至于这些神圣超凡的知识，除了信仰，我们无论是天生的、还是世俗的方法都无法获悉——并不值得大惊小怪。我们只需要服从与信守。经书上已经说过，"我将毁灭智者的智，明者的明。"智者在哪里？文人在哪里？尘世中的辩士在哪里？神不是已将这世上的智慧降为笨拙了么？既然这世界无以凭智慧认识上帝，那就只好以空泛的布道来取悦于上帝，以解救信徒。

然而，我最后还是要看看：人类究竟有没有能力来找到其在寻找的东西，这么多世纪以来人类是否增加了某种新的能力，获得了某个坚实的真理。

我觉得人类会忏悔——如果他愿意说真话：这么漫长的追寻探索，最后的收获就是认识到了自己的弱点。本来自然而然地存在于我们心中的无知，经过我们不断地努力最终只不过得到了确认和肯定。真正的智者犹如麦穗：麦穗骄傲地高昂着头，那是因为还没有籽；而当麦穗成熟，种子饱满的时候，它们就会开始谦卑并垂下头来。与此相似，当人们经过了千方百计地探索和尝试，除了虚荣，在乱七八糟的知识和五花八门的事物中始终没有任何有价值的收获，这时候就会放弃自负，重新认识自己本来的地位。

这就是为什么维莱乌斯指责科达和西塞罗：他们在哲学家斐洛那里什么都没有学到。而希腊七贤之一的费雷西德斯临终前写信给泰利斯说："我已经命令家人，在葬我之后，将我所写的东西送给你。如果你和其他贤者都满意的话，那就将它们发表；否则就取消吧。我自己对这些东西一点把握都没有，也不是想公开我掌握或者发现的真理。我更多的只是看到了事物，而不是发现它们的秘密。"有人问柏拉图，这位自古以来最智慧的人，他到底都知道些什么。这位智者回答说他知道自己什么都不知道。他的话证实了我们所常说的：与无知相比，我们所知道的所有知识都微不足道。也就是说，我们自以为拥有的知识，在无知的世界里也只占一个细微狭小的空间。

柏拉图说："我们认识事物皆属虚幻，我们一无所知却是真理。"

即使是勇于探知的西塞罗，弗利里厄斯说他在年老之后甚至开始蔑视学问。而他在学问中探索时，从不遵循任何成见，不受任何学派的约束，只是根据自己的判断，时而跟随一个学派，时而又是另外一个，但是对于经院派他是从来都持怀疑态度的。"我必须说话，但无须做任何结论；我将不断探索，时时事事怀疑——包括怀疑我自己。"

如果只是观察、判断一个普通人，我有非常大的把握，不论是按照普通的、大略的方法，还是按照一般老百姓独特的方式——他们判断事物不是按照意见的重要性，而是按照人数的多寡：

　　　　他们睡眠时头脑清醒；清醒时却如行尸走肉。

　　　　　　　　　　　　　　　　　　　　——卢克莱修

他们的意见还是放一边吧。他们没有自我意识，不会自行判断，大部分的才华都处于闲置状态。我更乐于选择一个处于崇高状态的人，并将其置于一小群出类拔萃的人之中来观察判断。这一小群人必须天生具有非同一般的才华，而且还将这才华经过后天的精心磨炼与打造，并通过探索知识与艺术研究，将其尽可能地达到智慧的最高处。他们通过一切努力来锻造自己的心智，依靠一切可以利用的外力，借助一切可供使用的手段，无论是在三界外，还是五行中——他们才代表人性的最高形式。他们以制度和法律来统治这个世界，通过艺术与科学来教化这个世界，还通过自己本身的道德力量来感化这个世界。我只以这些人的经历与经验为准则。我们将看到究竟他们可以达到什么样的成就，可以获得什么。即使我们能因为看到他们的疾病与缺点，也可以大胆地指出——因为自己也一样在所难免。

任何人在寻找的过程中都不外乎三种结局：要么声称已经找到，要么无法找到，要么还在寻找的过程中。而哲学根据这三种结果也分为三种。哲学的目的是寻找真理、科学与绝对。亚里士多德学派、伊壁鸠鲁学派与斯多葛学派都认为自己找到了这三样东西。这些哲学家确立了我们所拥有的科学并将它们视为准确无误的知识。克利多马修斯、卡涅阿德斯与学院派的哲学家们对自己的探索表示失望，并判定以我们自己的智慧根本无法设想真理。他们探索的最终结果就是人类的脆弱与无知。这一派的哲学家拥有最多的信徒，最高贵的一部分人往往也追随他们。

皮浪以及其他怀疑论者的观点，按照一些古人的说法是源于荷马、希腊七贤、阿尔基勒克斯、欧里庇得斯，以及芝诺、德谟克利特、色诺芬尼等人。按照他们的观点，他们仍然在寻找真理的过程中，而那些声称已经找到真理的人，实在是大谬。至于那些第二类哲学家，他们断定人类以自己的能力无法企及真理的高度——也是一种武断的虚妄。因为无论是确立我们能力的尺度，还是认识与判断事物的难度，这都是一种极庞杂渊深的科学——怀疑论者因此怀疑人类是否有这种能力。

自我感觉到的无知，自我判断出来的无知，自我认定的无知，都不是完整的无知。只有不知道、无察觉才能做到真正的无知。因此皮浪派公开主张权衡、怀疑和探索，对任何事情都不确定，对任何事情都不下结论。至于精神的三种行为：想象、偏好与认定——他们只承认前两种。最后一种他们将其置于不偏不倚的模糊状态，不论事物的大小、轻重，他们都不会赞同任何倾向性。

对于精神功能如何分类，芝诺以手势来描述他的猜想：摊开手掌，表示表象；手掌半握，手指微屈表示认同；拳头紧握，表示内涵；左手掌抱着右拳，则表示科学。

芝诺派对事物的判断坚定鲜明：接受所有的事物时都不会反对，也不会赞同，保持"不动心"。这是一种平和冷静的生活态度，没有我们接受观念和科学时的躁动，也没有我们认为自己得到什么东西时候的激动。躁动与激动随之而来的就是恐惧，贪婪，嫉妒，没有节制的欲望，勃勃雄心，傲慢自负，迷信，喜新厌旧，反叛、不服、偏执，以及大部分的身体疾病。他们由此避免了自己学派遭人妒忌，因为他们与人争论都是以一种温和适度的态度。他们不担心在争论时被别人反驳。当他们说重物会下坠的时候，如果有人深信，他们反而会感到难过，因为他们希望得到别人的反驳，引起怀疑和推迟结论才是他们的目的。他们提出异议，只是为了反驳我们认为正确的东西。如果你们接受他们的意见，他们将毫不犹豫地改变立场，支持相反的意见。他们任何时候都从来只有一种选择。如果您认为雪是黑的，他们将证明恰恰相反，雪是白的。如果您认为雪既不是黑的，也不是白的，他们会争辩说雪既是黑的，也是白的。如果您有确切的证据表明您什么都不知道，那么他们将证明：您知道。如果您表示非常肯定地怀疑某个问题，他们将马上反驳，证明您无须怀疑，或者证明您没有能力怀疑，也无法进行怀疑。由于这种极端的怀疑，甚至怀疑本身都摇摆不定，他们分成了数派，持有不同的观念，对怀疑和无知的坚持与判断也被他们争论不休。

他们说，为什么他们不能像独断主义者一样——这个肯定是绿，那个必然是黄，而他们只是坚定地怀疑？有没有什么事物是建议您要么接受，要么拒绝，而绝不允许保留模棱两可的态度呢？其他人都要么出于地方上的习惯，要么由于父母的教育，要么是出于偶然——但是这偶然就像风暴，盲目且没有选择。不仅如此，这些情况还总是发生在没有判断力的年龄之前。无论是接受斯多葛主义，还是伊壁鸠鲁主义，这些人都被卷入这些学说而不可自拔，就像鱼儿咬住了鱼钩一样："就像一阵狂风将他们吹向某种学说，将他们挂在了某块岩石上。"（西塞罗语）为什么不可以让这些人同样地享受自己的自由，不受拘束、不被强迫地观察事物呢？"因为拥有绝对的判断力，所以应该给予他们自由以判断。"（西塞罗语）把自己从束缚别人的惯性中解放出来，不也是好事一桩吗？与其陷入人类的想象力所犯的种种错误之中，何如暂时搁置一些想法？与其无休止地暴乱与争斗，何如中止自己心中那坚定的信念？

"我该如何选择？"随便您，只要选择就好。这应该是个愚蠢的答案，但似乎也是独断论者必然的回答。在他们看来，您无权放任一切无知。选择最明显、最确定的一个意见，然后捍卫它，同时打击、反驳其他成百上千的反对意见。摆脱那种混沌不清的状态不是更好吗？您可以像珍视荣誉和生命一样，去拥护亚里士多德关于灵魂不灭的信条，同时批判柏拉图的相关学说，绝不能有丝毫的怀疑！然而，既然珀尼西厄斯可以对脏器占卜术、梦、神谕和预言术坚持他自己的观点——斯多葛派对这些可是从来都确信无疑的，那么为什么一个智者就不敢像他那样在任何事情上坚持己见呢——即使这些知识得之于自己的老师？只要这些知识经过了大家的肯定，而自己又是这些知识的创建者？如果是一个孩子做判断，那是因为他无知；但是如果是一个学者做判断，他是认真的，有把握的。皮浪主义者善于论战，往往在论战没有开始之前就已经没有后顾之忧了，因为他们只管攻击别人，从不在乎别人攻击自己。如果他们赢了，好，这说明你们的观点根本就站不住脚；如果你们赢了，说明他们的意见有缺陷。如果他们输了，这说明他们无知；你们错了，说明你们无知。如果他们能够证明我们一无所知，这是好事；如果他们不能，同样也是好事。"如果因同样的理由，却要做出相反的结论，我们更应该暂缓做出结论。"（西塞罗语）

在他们的思想深处，总是认为证明一件事情的假比证明它的真更容易；证明"不是"要比证明"是"更容易。同样，找到"不信"也远比找到"相信"要简单得多。

他们说话的方式是这样的："我不做任何决定。事实并非如此，也可能既非如此也非如彼。我不知道。表象都是相同的。无论是还是否，语言的表达法都是相同的。非的另一面并不是是。"他们的箴言就是"搁置"，也就是说"我在论证，我不下结论"。这是他们的老调了，与此类似的观点还有一些。这些话的结果就是：纯粹的、完全的，而且非常完美地搁置、推延了判断。他们的理智是用来探索知识、争辩观点的，而不是来判断和选择的。无论是谁，只要是想思考出一种对无知的永久承认，一种没有偏见的判断，没有选择的承认，他一定会想到皮浪主义。我尽了自己全部的想象力来阐述他们的观点，因为很多人很难理解他们。而这个流派的作者，也对自己的观念阐释得不够清楚，而且说法多有不同。

至于生活当中的行为，他们也与常人相同。他们赞同、顺应自然规律、法律习俗、艺术传统，以及感情冲动。不过，他们同时也赞同、支持克制冲动。"神只希望我们利用万事万物，并不要求我们认识。"（西塞罗语）他们任由这些事物引导自己，随心所欲地行动，从来没有执念，也不会做出判断。这些观念让我很难将人们心目中的皮浪与之联系起来。他们将皮浪描绘成一个笨拙、呆滞的人，愤世嫉俗而且野蛮孤僻，撞到马车都不躲，走到悬崖不回头，而且无法无天。这些理解早已脱离了他的学说。他自己可并不想做石头或者树桩。他只想做一个活生生的人，会说话，有理智，服从规定与本心，享受一切自然的快乐与舒适，充分使用自己所有器官与智慧的人。一切人类所僭越身份，篡夺、抢掠、自我标榜与建立起来的虚幻的、错误的特权，他都一概真诚地摒弃了。

一个思想流派假如想存在下去，就不应该限制流派内的智者追随未被理解、未知的、未被验证了的事物。当一个智者出海时，他就已经在追随出海这个计划，尽管并不知道此行是否有用。无论是船的好坏，还是船员是否有经验，季节是否适合航行，环境是否有利，他都已经别无选择，只能屈从。只要选择了出海，那就只能任由外界环境的变幻，只能但愿没有更大的烦恼。智者也有一具躯体，一个灵魂：感觉在推动他，精神在鼓舞他。而且他在自己身上也并没有发现判断力这个独一无二的标签，同时他会注意到他不应该滥用自己的同意——因为在"是的"旁边和后面还有着不止一个的"非"。他只能按照本心来充分、适当地行动。有多少技艺都是在坚持猜测，而不是靠科学？它们并不是从假中判断出来真，而只是听凭似是而非。皮浪派智者认为真与假是存在的，而且在我们身上就有某种能力可以去寻找、探索它们，但是远非靠感知来判定。与其苛求与吹毛求疵，我们更愿意任由世界的节奏与顺序所摆布。一个不受偏见左右的灵魂才最可能达到真正的平静。而那些在判断、在控制判断的人则从不会达到这种宁静。那些单纯而没有好奇心的人，与那些以神凡两界事业的监督者、教育者自居的人相比，无论是在宗教戒律上，还是在政治法规上都要好驾驭、管理啊！

在人类的所有发明中，没有任何东西比皮浪的学说更接近真实、更为有用了。他们分析、探索的人是赤裸裸的，毫无遮掩的，他们清楚人类天生的脆弱，也适合接受上天赐予的神奇力量。由于他们排除了人类科学的影响，不再妄自判断，所以更容易接受神性，接受信仰，不会形成任何违背法律与宗教法规的观念、学说。他们谦卑、顺从、勤勉，与异端邪说势不两立，并且不会接受其他的虚妄以及违反教规的错误观点。他们是一张白纸，准备好了接受神在上面称心如意地涂抹。我们越是信赖神、依靠神，抛弃自我，就越会明白这样做的好处，越想这样做。"接受吧，"《传道书》上如是说，"每天接受万物呈给你的美好的一面，其他的不要考虑，因为已经超过了你的认识。"

在已经谈到的三大哲学派别中，有两派都鲜明地表明赞成怀疑与无知。只有第三派，也就是独断主义中的大多数人才会摆出一副确定无疑的态度——只不过是为了让自己看起来更好看一些罢了。他们与其说是为了给我们一些确定的答案，不如说是为了炫耀自己在"猎取"真理的道路上走了多远。

提麦奥斯曾经想告诉苏格拉底他所知道的关于神，关于世界，关于人类的一切知识。但是他提议二者以人与人之间谈论的方式来进行这些对话，而且他认为只要自己的论证与他人的类似就很知足了，因为——真正的、绝对的知识并不在他的掌握中，也不在任何凡俗的手中。与他同一学派的人曾经说过跟他相似的观点："我尽力阐释，然而终非阿波罗的神谕那样从无完全肯定与毋庸置疑。弱小凡人如我，仅需努力推测寻找真实。"他是在谈对死亡的蔑视时说的这番话，既自然，又通俗易懂，为人所欢迎。他还将有关柏拉图的类似观点解说过："如果在谈论神的本质与世界的起源时，我达不到自己所定的目标，你们不要惊讶。一定要记住，我在说，你们在听，我们都是凡人。即使我谈论的时候使用可能这个词，你们也不应该要求更多。"

亚里士多德给我们一大堆别人的观点和信仰，用以跟他自己的观点相佐证，以告诉我们他比别人走得要远多少，以及他离真实有多近。因为真理并不是靠权威以及别人的见证来判断。因此伊壁鸠鲁在他的著作中就非常刻意地避免提及自己的权威以及援引别人的见证。这位本是独断主义大师，然而从他的作品中我们可以学到：越多的知识导致越多怀疑的机会。在他的肯定断论中，我们总是可以发现很多晦涩难懂、佶屈聱牙的内容，让我们无法判断到底哪些内容才是他本人的意见。从效果上看，这正是披着肯定外衣的皮浪主义。

不仅是亚里士多德，大部分的哲学家都喜欢晦涩难懂的观念或者语言，这不就是为了炫耀一个空洞的问题，啃一根弃之可惜、食之无味的鸡肋么？克利多马修斯就曾坦言他在卡涅阿德斯的作品中根本就没有发现作者到底持什么观点。正是由于这个原因，伊壁鸠鲁把自己的作品写得尽可能地让人看不懂，而赫拉克利特也是出于这个原因，被人称作"神秘大师"。用晦涩难懂来隐藏空洞无物是智者们一贯的拿手戏，就像是玩戏法的人尽量掩饰自己的秘密，其结果都一样：蠢人自然会付账的。

> 赫拉克利特以其晦涩难懂闻名希腊，尤其是对于思想浅薄的人……因为，只有愚蠢的人才会喜欢并欣赏自以为从谜一般的语言中发现的东西。
>
> ——卢克莱修

西塞罗曾指责他的一些朋友把过多的时间用在了天文、法学、辩证法和几何学上面，这些东西让他们偏离了更有用、更正当的人生责任。昔兰尼加派的哲学家同样也蔑视物理和辩证法。芝诺则在他的关于共和的开篇里就宣称：所有自由开放的学科都是无用的。

克里希波斯则认为柏拉图和亚里士多德关于逻辑的作品是写着玩的，或者是来练笔的。因为他不相信两位大师会如此严肃地探讨一个如此无意义的主题。普鲁塔克也鄙视形而上学，伊壁鸠鲁则看不起修辞、语法、诗歌、数学，以及除了物理之外的所有学科。苏格拉底则除了道德与人生以外，其他一切都不看在眼里。对于别人向他提问题，他总是在第一时间将问题引向这个人的生活，无论是现在或者是过去。他只愿观察和判断生活，并认为与人生相比其他一切都是次要的和附属的。

"我对这类书不感兴趣，因为其对于提高人的道德水平实无帮助。"（萨鲁斯特语）大部分的学科都遭到智者的蔑视。不过，他们也认为一些东西虽然没有什么实质利益，但是通过它们来锻炼一下思维倒也无可厚非。

总结起来的话，有人认为柏拉图是独断主义者，也有人认为他是怀疑论者，还有人认为他在某些方面是独断主义者，而在另一些方面又是怀疑主义者。

至于苏格拉底，那位引导哲学谈话的人，总是提出问题，不仅让谈话的气氛活跃起来，而且从不会让谈话纠结在某个结论上。他从来不解答别人向他提出的问题，因为除了提出疑问，他认为自己没有任何别的学问。作为哲学家们的导师，荷马已经很公平地为所有的哲学流派奠定了基础，以告诉大家：他根本不在乎我们会在哲学的道路上走向何方。据说，从柏拉图那里诞生出十个学派。同样，就我看来，如果他都不算怀疑论者的话，那所有学说古往今来都未曾怀疑、摇摆过了。苏格拉底说，接生婆以助人产子为业，但是却不能为自己接生；而他自己，众神批准的"接生公"，也摆脱了性爱和精神之爱的束缚，不会为自己的繁衍后代而担心，只需要专心致志地帮助别人"接生"：帮他们启发天性，帮他们润滑产道、产出孩子，判断孩子的性别和健康状况，为孩子起名字、穿衣服，让孩子健康成长……他专心致志地摆弄着自己的器械，影响、掌握着别人的命运。

第三类的哲学家中，大部分的人都莫不如此，比如古人所提到过的智者阿那克萨戈拉、德谟克利特、帕尔梅尼迪兹、色诺芬尼等。他们都跟苏格拉底相似，写作上无论是形式还是内容都总是充满怀疑，探讨远重于施教，尽管他们的风格中还有着明显的独断主义风格。塞涅卡和普鲁塔克也不例外。仔细观察他们，就会发现：他们有时以一种面目出现，有时又会换一种面孔。那些为法学家调停的人恐怕首先应该来调停这些哲学家们。

在我看来，柏拉图似乎更偏爱以对话的方式来恰如其分地探讨哲理，从而让自己多变、多样的思想得以众口相传。

相对于单一方式而言，以不同的方式看待事物、阐述问题会更好，因为观察得更清楚，总结得更有用。以我们自己为例。司法判决最能体现语言中的独断与肯定，然而即使是我们的高等法院公布的那些最优秀的判决书，也主要是归功于法官们的才华。这些文本的美，并不是源于结论，因为结论对于法官们早已司空见惯。更重要的是这些文本在讨论的过程中，经过了各种观点、各种理由、各种证据的交锋——这些交锋才最能体现判决的价值与智慧。

矛盾与多样性为一些哲学家攻击、指责另一些哲学家提供了最广阔的空间，每个人面对事物的不确定性与不可知性都未免要么无能为力，要么摇摆不定。

这句老话意味着什么呢？"在光滑难以驻足的地方，且让我们的信仰暂留。"因为，正如欧里庇得斯所说："神的作品难以胜数，令我们无所适从。"

与此类似，恩培多克勒在他的作品中总是承诺这样的观点，犹如神圣的狂热所激发，又如受真理的胁迫："不，不，我们什么都感知不到，什么都看不到，一切事物都无法被我们所发现，被我们所定义。"让我们回到这句神圣的话上来："凡人的思想总是受限制，俗世的观念总是变化无常。"

如果有人打猎一无所获，未免有些沮丧，但是会依然乐在其中，这并不让人感到奇怪：精神上的学习本身就是一桩乐事。而且由于这种快乐是如此让人着迷，以至于斯多葛学派甚至禁止精神脱缰，以免获得太多的快乐——他们甚至认为过分的求知也是一种纵欲。

德谟克利特曾经在餐桌上吃无花果时，闻到了无花果带着蜂蜜的味道，因此猛然开始在大脑中寻索：这种异常的现象到底是怎么回事？为了弄个究竟，他起身要去看看采摘无花果的环境。他的女仆看出来了他起身的原因，就笑着对他说，无须多想，之所以有蜂蜜的味道是因为之前放无花果的那个罐子里面还有一点蜂蜜。结果德谟克利特大怒——因为她剥夺了他探索的机会，掠夺了他好奇心的对象。"走开，"他对她说，"你真让我讨厌，但我还是会去找原因的，不管它多么自然。结果虽然是错误和虚构的，我也乐意去找出一个真实的原因。"这位著名的大哲学家的故事很明确地向我们展示了"勤勉"，这种面对失望却依然乐此不疲地探索事物的精神。普鲁塔克也讲过相似的故事：有个人拒绝别人告诉他一件事的答案，尽管他对此事有疑问——因为他不想失去探索、追寻答案的乐趣；而另一个人，发烧却不想让医生治好，因为他不想失去那种因病而喝水时的满足感。

不管是何种形势下，快乐都总是单独的，不完美的，就如我们吃东西——好吃的不一定就是营养健康的。同样的道理，我们的精神可以在科学中学到很多东西，可以让我们避免骄奢淫逸，然而科学却既不能吃喝，也对健康没有什么好处。

哲学家们还如此认为：醉心于自然有利于充实我们的精神，因为大自然可以让我们提高和升华，让我们认识崇高与神圣，从而超越那些卑贱和凡俗。甚至探索未知和崇高的事物，其本身就是一种快乐，对于那些只限于敬畏未知和崇高、从不妄加评论的人更是如此。这是他们鲜明的信条。这种病态的好奇心，在另一个例子里面展现得更为淋漓尽致。哲学家们总是将这个例子得意扬扬地挂在嘴边：希腊天文学家和数学家欧多克斯希望和祈求众神给他一次近距离观察太阳的机会，以便了解太阳的形状、大小，以及它的美，为了这个目的他就是被烧死也在所不惜。他宁愿以生命换取知识，然而他对这种知识的使用和拥有权随时却都可能被剥夺。而且这种突如其来又转瞬即逝的知识，会让他失去所有其他所拥有的知识，还会让他丧失将来获得知识的机会。

我可不大乐意相信伊壁鸠鲁、柏拉图和毕达哥拉斯将他们的"原子""理念"和"数"给我们是为了钱。他们如此智慧，不可能把自己坚信不疑的文章建立在不确定、有争议的事物之上。但是在这个蒙昧和无知的世界里，每一个这样的伟人都竭尽全力地为我们展开一张张光明的图，并将他们的心智靠近一个个发明——至少从表象上看，这些发明是精巧的、令人愉悦的，不管是对是错，只要他们能将反对的意见驳倒即可。"这些思想体系都是他们天赋的结晶，而与知识无关。"曾有一古人颇以哲学自居，当有人批评他判断力不足的时候，他却不以为然，反而回答说"这才是真正的哲学研究"。哲学家们想观察一切，衡量一切，结果就是找到了这项适合我们天生好奇心的工作。他们的作品有些是为公共社会而写，比如宗教信仰。由于涉及公共舆论，他们非常明智，为了避免麻烦，他们不会赤裸裸地对这些问题表态，而是遵守当地的法规和习俗。

柏拉图对于这个问题技巧非常明显，无论他在写任何东西的时候，只要是自己的观点，他全部都是不确定。当他作为"立法者"的时候，他借用一种非常威严和不容置疑的风格，不过内容里面却是大胆加上了自己的想象和创意。对于这些东西他心知肚明：对于民众的有用程度跟对他自己的可笑程度有得一比。以为他知道我们是多么容易接受各种意见，尤其是那些荒谬不经的。

在他的《法律篇》中，人们在公共场合只是唱诗——这些诗是有目的的，里面虚构的巧妙情节都有着实用的目的。既然人类思想很容易接受一切荒诞不经的东西，那么与其让人们相信无用或者有害的谎言，就不如让他们接受有用的谎言。在他的《理想国》中，柏拉图说得更直接：为了人们的利益，经常需要欺骗他们。在各种哲学流派中，有些流派更注重真理，有些则更注重实用性，因为实用可使得他们获得声望。这是我们的不幸：往往我们以为最真实的东西，对我们的生活来讲却并不是最有用的。最大胆的哲学流派，如伊壁鸠鲁派、皮浪派、新学院派等，最后还不是都屈从于民法。

对于另外一些问题，哲学家们总是绞尽脑汁地提出意见相左的各种解答，不管是对是错。对于他们来说，没有任何事情是他们发现不了的，不管多么隐秘。似乎他们总是被迫地必须做出一些荒诞不经、匪夷所思的推测。不过，这些结论并不是用来做理论基础或者是为了证明某个真理，相反，只是为了锻炼他们的研究思维："他们著书立说的目的，似乎并不是为了表达自己的信念，而只是以艰深的主题来磨炼自己的思想。"

如果我们能够明白这些令人肃然起敬的智者、贤士的真实想法，还怎么会总是形成那些变化无常、形形色色又空洞无物的观念呢？比如，最虚荣自大的例子：有人居然试图以我们的类比法来揣测神，以我们凡俗的能力和法规来约束神与世界。甚至想利用神所赐予我们的一丁点能力来为所欲为，不惜损害造物主的神圣性；由于目光所及，达不到神的高度，就想贬低神，将其拉到与我们这些腐朽、可怜的凡夫俗子的高度……这不是徒劳且肆意妄为么？

人类在古代所有涉及宗教的观念中，我认为最近乎正确，最具有说服力的就是认为神有着无法理解的力量，是万物的创造者和维护者，至善至美，以慈爱的态度接受、承担人们所给予的荣耀与敬畏，不管人们是什么样的面孔，有着什么样的名义，采取什么样的方式。

圣保罗在雅典看到的所有宗教中，有一个教派是崇拜一个未知且神秘的神——然而圣保罗却认为这是最值得接受的信仰。

毕达哥拉斯站在最接近的位置描绘了真理，他认为关于对万物存在的本因的认识既无法界定，亦无法描述的，更无法宣布。这种认识只是我们想象力朝着完美前进的极大努力，每个人都按照自己的能力大小又为这个认识增加了砝码。但是，尽管罗马国王努马将万物本因与他的民众的虔诚相结合，想构造一个纯精神的、没有物质参与的宗教，结果却是枉然：人类的思想不会一直模糊地系于这种无形的观念——必须为这种观念寻找一种人类可以接受的形象。正因为如此，神圣的主之于我们有了各种具体的形象：他那超自然的、神圣的圣事具有了尘世社会的影子，对他的崇拜具有感人的仪式和动人的言辞——因为是人在信仰，在祈祷。我懒得去说那些有关这个主题的其他证明。然而，当人们看到十字架，看到耶稣悲惨受难图，看到教堂里面的种种装饰和举行仪式时候的种种举动，听到那与虔诚的思想相结合的声音……这些刺激我们感官的因素引起我们的宗教激情，效果非常明显，结果十分奏效。

这些为了满足人们的实际需要而将神性实体化的行为，对我来说，我更乐意与那些崇拜太阳的人们站在一起：

众生之光，世界之源，
设若众神之长有眼
太阳的光辉即是其眼神
太阳赐予万物生命，支持、护佑着我们
尘世间的人类且看：
美丽、伟大的太阳，为我们而让四季井然
十二宫里穿梭忙碌

给予宇宙之德行

目光所及之处，乌云立即四散

世界的精神，世界的灵魂，炽热、强烈

绕行天空，时光流转

崇高，圆满，永恒，无限

脱其笼罩，世界将坠入黑暗

静寂而生生不息，悠闲却从不缱绻

自然之长子，光明之慈父

——龙沙

　　之所以崇拜太阳，因为它除了伟大和美丽之外，还是宇宙这个大机器中离我们最远的一个零件。由于遥远，我们对它所知无几。正因为此，无论是赞叹，还是崇拜，都值得原谅。

　　泰利斯是第一个提出类似问题的人：他认为上帝是一种精神，而万物都是被上帝用水制成。而阿那克西曼德则认为众神也会消亡，也会在不同的季节出生，而世界是无尽的。阿那克西美尼认为上帝是空气，是被创造出来的，无边无际且永恒运动。阿纳克萨戈拉第一个提出万物的本质、万物的形状和运行方式莫不被一种无限精神的力量和理性所控制、引导。阿尔克米昂称太阳、月亮、其他星球，以及灵魂都是神。毕达哥拉斯认为上帝是一种被自然散布于万物之中的精神，我们的灵魂也出自于这种精神。巴门尼德将神视为环抱天空并以光散热从而来维持着这个世界的运转。恩培多克勒说神就是由四种元素所构成。普罗塔哥拉却认为神存在与否，或者是如何存在都无可描述。德谟克利特有时认为自然界的表象及其循环就是神，有时又认为产生这些表象的大自然是神，后来又认为我们的科学与智慧就是神。柏拉图则把他的神分为多种面孔。在《蒂迈欧篇》中，他认为世界之父是无法命名的；而在《法律篇》中，又认为不应该探讨神是否存在。然而同样是在这两部作品中的其他章节里他又将世界、上天、众星、地球以及我们的灵魂神化，而且还接受了每个国家对于神这个概念传统的解释。色诺芬尼告诉我们苏格拉底学说中关于神有同样的矛盾观点：有时他认为不应该穷究神的形式，有时他又认为太阳就是神、灵魂就是神；有时他认为神是唯一的，有时却又认为神可以有多个。柏拉图的侄子斯珀西波斯将神视为统治万物的力量，神是有生命的。而亚里士多德时而说神是精神，时而又说神是世界；时而给世界另一个主人，时而又说神就是上天的热量。芝诺克拉特认为神有八位：五位以行星命名，第六位由所有恒星组成，第七位是太阳，第八位是月亮。蓬杜斯的赫拉克利德斯则游离于各种观点之间，后来认为神是不可感知的，并认为神不断地改变形象，最后直接说神就是天地。泰奥弗拉斯托斯也是同样徘徊在他的各种幻想之中，将统治世界的大权时而交给人类的智能，时而交给上天，时而又是各种星辰。斯特拉托的心中，只有大自然才有力量孕育、增加和减少万物，然而大自然这个神既无形体，亦无情感。芝诺则排除了那些常见的神祇，如朱庇特、朱诺、维斯塔等，认为神就是自然规律，它抑恶扬善，且具有生命力。第欧根尼认为神是空气。色诺芬尼认为神是圆形，有视觉，有听觉，不用呼吸，与人性没有任何相同的地方。阿里斯多则认为神的形体不可捉摸，没有感觉，至于是否具有生命，或者还是其他事物，他也不清楚。克莱安西斯有时认为神就是理性，有时认为世界就是神，有时认为神是自然的灵魂，有时却又认为神就是包裹一切、围绕一切的绝对的"热"。芝诺的弟子佩尔修斯认为对于人类来讲，神就是那些可以给人类生活带来绝大方便的人或者是可资利用的事物。克里希波斯则把上述的种种神全部混合到了一起，成千上万的各种神之间甚至还包含一些不朽的人。迪亚哥拉斯和狄奥多罗斯则否认神的存在。伊壁鸠鲁将神看作是发光的、透明的、透气的，而且就住在两个世界之间——就像两个城堡之间那样，不会遭受任何打击，与人的形状一样，也有四肢，但是神的四肢对神来说并没有什么用处。

说到这里，你们大可以相信你们的哲学了吧！可以庆幸你们在蛋糕里找到蚕豆了吧——听听这些哲学家那七嘴八舌的喧闹！这些关于神的凡夫俗子的争吵让我重新审思我们的风俗和思想，如果不是这些学说、观念想要给我教益，还不至于到了恶心的地步；而比较它们之间的异同时，与其说我为自己感到骄傲，毋宁说我感到被它们羞辱了。任何不是来自于上帝之手的选择，对我来说，都是没有什么意义的选择。现实社会当中的一些争端其矛盾性也不亚于这些哲学上的分歧。由此可见，我们的理性甚至比命运本身还要更加繁复善变，更加盲目和不可测。

越是不为所知的事物越容易被神化，因此也就不难理解我们甚至会像古人那样将自己神化，这样的做法证明我们的推理能力是多么的脆弱。所以我本更容易追随那些崇拜蛇、狗和牛的人，因为我们对于这些动物所知不多，还有更多的空间去想象这些讨我们喜欢的动物，赋予它们更多的奇能异才。然而，我们明知自己的不完美，却依然仿照自己创造出来几个神，而且将神赋予我们人类才有的欲望、愤怒、复仇、婚姻、繁殖、亲戚、妒忌，以及我们的四肢和骨骼、我们的狂热和欢乐，这些定然是出自于我们人类迷醉之后的智慧。

我们不仅赋予神性以信仰、德行、荣耀、协和、自由、胜利和虔诚，也同时赋予了它欲望、欺骗、死亡、羡慕、衰老和悲惨，还有恐惧、狂热和不幸，以及其他我们脆弱、易逝的生命中才有的损害与变故。

埃及人掩耳盗铃似的谨慎让他们不惜以绞刑来威胁人们——不准说他们的神祇瑟拉比和伊西斯曾经是人，然而没有人不知道这两位恰恰过去就是人。瓦罗说，这两位神祇的形象都是将手指竖在嘴唇上。这个神秘的手势即是命令他们的信徒们不准提及他们出身于凡人的事，以防人们出于理智而不再对他们虔敬有礼貌。

"既然人类想要与神相比肩，那就应该吸收神性，将神性带到尘世，"西塞罗说，"而不是将人类的腐败与苦难带到天上去。然而事实上却是，不论是吸收神性，还是带给上天罪恶，人类的方法尽管不一而足，却个个都烙上了狂妄自大的烙印。"

当哲学家们穷究诸神的等级，区别诸神的派系和职责以及他们的力量时，我无法相信他们的语气是肯定的。柏拉图为我们详细描绘了冥王普鲁托的果园，还有肉体的欢愉与痛苦——它们将永远伴随我们，哪怕是在肉体毁灭之后。在他眼中，来世的痛苦或者欢愉与今生是联系在一起的：

偏僻的小路将人们的视线迷乱，密密的树林将人们困在中间；即使在死亡的路上，焦虑困惑依然不会放过他们。

——维吉尔

当穆罕默德向他的信徒们承诺他们死后会进入铺着地毯、镶着黄金和宝石的乐园，里面不仅美女如云，而且美酒佳肴应有尽有的时候，我非常清楚这完全是愚弄人心的伎俩，其拙劣程度与我们的蠢笨程度相当，但是符合了我们普通人的希望和欲求，从而具有很大的吸引力。我们当中也有不少人同样陷入这种错误的思维，以为自己在经历了短暂的尘世生活后，得到的将是一切高高在上的欢乐与愉悦。我们会相信柏拉图，一个具有如此崇高的思想、与神性已沟通无碍甚至已经具有了"圣人"这个称号的人，会认为，人，这个可怜的生物死后会拥有如此不可思议的能力吗？他会认为我们那萎靡不振的思想和脆弱的智力也能够参与到真福和永恒的苦难中吗？应该以人类的理智告诉他：

"如果你承诺我们的来世中的欢乐与尘世中的一样，这与永恒已经没有任何共同点。即使我所有的感官都充满了愉悦，灵魂也感受到了它所有渴求和希望的快乐，我们也知道灵魂的能力是那么有限——这一切依然什么都不是。如果这些愉悦与快乐与我能够感受到的一样，那就没有丝毫的神性；而如果这些感觉与我们目前的一些感觉没有什么两样，那就更不值得考虑。所有尘世的幸福都有尽头。如果在彼岸我们依然能够享受到我们的亲人、孩子、朋友的爱，并因此而幸福快乐——也贪恋这样的幸福快乐，那么所谓的彼岸依然是尘世，这些幸福快乐依然是世俗的、短暂的。我们尽可以想象这样的承诺，但是不应该想当然地将这些诺言与崇高、神圣联系在一起。为了恰如其分地想象它们，那就应该想到它们是无法想象、无可言状、无法理解的，完全超出了我们那些可怜的经验。圣保罗说过，'神为他的子民所预备的，他们看不到，想不到，也感受不到。'如果想具备感知的能力，那就需要改善、改变我们的存在（就像柏拉图给你说的自我净化一样），然而这样的变化如此极端和天翻地覆，以至于按照物理学原理，我们也就不再是自己了。

接受生命奖赏的将会是其他事物。

按照毕达哥拉斯的灵魂转世说和灵魂迁居说，我们会不会认为恺撒的灵魂迁居到狮子身上时，如果再给狮子附上恺撒的感情，这就是原来的恺撒了？如果这就已经是恺撒的话，那些柏拉图的反对者就有道理了。他们不仅指责柏拉图的学说，还说儿子有可能骑的骡子就是他的母亲——转世为骡子之后的母亲，以及种种其他的荒诞不经。同样，我们会不会相信动物可以化身为其他同种的动物，新来者其实就是过去的前辈？据说，凤凰可以从死灰中更生，先是一条小虫子钻出来，然后就化为另一只凤凰。那么，这第二只凤凰，谁可以想象它就只能是第一只呢？为我们吐丝的蚕虫，大家可以看到它们先是死去，风干，然后身体又化为蛾，蛾可以生出另一条蚕虫，然而这时将第二只蚕虫硬要当成是第一只，这不是很傻么？凡事只要一朝不在，就永远不会再是从前。

即使在死后，时间将组成我们身体的每一部分都复原，把它们像现在这样排列整齐，再用生命之光照亮这个作品——最后的结果也已经与我们无关，因为记忆之线已被剪断。

——卢克莱修

那么，柏拉图，你说的只有人类的心灵方才值得生命的奖赏，这恐怕不怎么靠谱。

离开了身体，脱离眼眶的眼睛看不到任何东西。

——卢克莱修

按照这种说法，我们人类是不配拥有再生这种恩赐的。因为我们是由两个基本的部分组合而成，二者一旦分开也就是死亡和我们存在的毁灭。

假如生命停止，一切运动都将与感觉分离，在空间迷失方向。

——卢克莱修

没有人听说过，人死后会因为虫子啃噬自己活着的时候非常重要的肢体而痛苦，也不会因为土壤将自己的身体腐蚀而难过。

这与我们已没有丝毫关系，我们是灵魂和肉体结合在一起的整体。

——卢克莱修

再进一步，一个人死了之后，众神根据什么基本准则来判断和奖赏这个人的良好品行呢？因为正是众神自己指导、约束着这个人来如此做的。同样，众神如何迁怒一个人、惩罚他的罪行？须知，正是众神自己创造了这个人犯错误的机会，他们只需一个小小的意念即可阻止人们任何的罪行。"

如若不是经常以下面这句话为理由，伊壁鸠鲁不会理直气壮地反驳柏拉图的，"凡人岂可为永恒世界建立什么确定的事物？"人类的理智到处会迷失方向，当涉及神性的时候就尤为如此了。对此，还有谁比我们更清楚？尽管我们为理智设置出一些有效可靠、万无一失的准则，尽管我们将真理的神圣之光照耀着理智前进的每一步——甚至上帝都为之而愉悦，我们的理智还是经常会偏离正道，绕开、躲避宗教为我们选定、铺好的路，跌跌撞撞的迷失，犹如小船颠簸、漂流在人类的俗念之海上，不受约束，而且漫无目的。一旦离开崇高的大道，理智必然分化，散佚在成千上万条歧途上。

人只能是人，其能力达不到自己胡思乱想的高度。"这是妄想，"普鲁塔克说，"只是凡人的人却妄图议论和品评众神和半人神。这么做，无异于一个不懂音乐的人却要评价别人唱歌；从没有上过战场的人，却要与人争论武器与战争；仅凭管窥蠡测，却要越界衡量一种艺术的效果。我想，古人为了给崇高的神性做点事情，于是就将神与我们相比较，赋予神我们的特点、我们的美好特点以及我们的可耻的需要：让神品用我们的肉食，欣赏我们的舞蹈、戏剧，穿戴我们的衣服，居住我们的房屋。还焚香奏乐、刻石献花以取悦神；为了让神接受我们的邪恶心理，还会以一种不人道的复仇方式来恭维他的公平——不惜毁灭神所创造和保存的事物来讨他的欢心。泰比里厄斯·桑普罗尼奥斯为了祭祀火神焚毁了从撒丁岛的敌人那里缴获的大批战利品和武器；而波勒斯·伊米利厄斯在马其顿也做了同样的事，只不过祭祀的是战神玛斯和智慧女神密涅瓦；亚历山大大帝到了印度洋时，为了取悦于忒提丝，扔进海中好几个纯金花瓶。至于在祭坛上摆满无辜的牲畜，甚至还有殉葬的人——这种做法好多国家，包括我们都已经习以为常了吧。在这方面，没有任何国家例外。

杰特人坚信自己的永生，死亡对他们来说只不过是走向扎莫尔克西神而已。每隔五年，他们都会选出一个代表去向神祈求一些必需品。这名代表是抽签选出来的，在口头通知他所肩负的重任后，就会以下面的仪式来派送他：代表的三个助手各自在地上竖起一根标枪，其他的助手抓住代表使用臂力将他扔向标枪。如果这名代表被抛下时受了致命的枪伤，马上死去，这就向大伙儿表明神接受了他们的好意；如果不是这样，众人就会认为这个人是恶徒、坏蛋，之后会再依照这个办法选出另一个来。

薛西斯的母亲阿美特丽丝在年老之后，曾经按照当地的宗教一次活埋了波斯最高贵家族的十四个青年，以献祭某个地下的神。

直到今天特密斯提坦人的偶像雕塑依然是用童子之血塑造

而成，他们只喜欢献祭这些纯洁的童子以及他们的灵魂——正义居然嗜好吞噬无辜者的血。

迷信会引起多少罪行！

——卢克莱修

迦太基人过去拿自己的孩子来献祭给农神，没有孩子的夫妇则需要买孩子来献祭，而且这些可怜的父母还要旁观献祭，并且保持适当的开心和愉悦。这简直是个荒唐奇怪的主意，为了神的善意，居然要付出我们的痛苦。同样的例子还有斯巴达人，他们为了向月神致敬，居然通过拷打男童的方式，那些男童经常会被拷打致死。这难道不是疯狂么？这跟为了取悦建筑师，反而拆毁他的建筑物，不去惩罚罪犯，却要伤害无辜的人有什么区别？还有那个可怜的伊菲革涅亚，在奥利斯港，她要献出自己的生命给月神方能平息女神的愤怒，使她不再怪罪希腊军队对她的冒犯。还有那两个美丽、高贵的灵魂，迪希厄斯父子，他们为了罗马的大业不惜纵身投入敌人最密集的地方。"诸神是多么不公，为了支持罗马人，需要如此伟大人物的牺牲。"（西塞罗语）

在此需要补充一句：罪犯无权自己要求鞭笞的方式和时间，决定权在法官手里，是他在考虑应该施予什么样的惩罚。罪犯欣然接受的惩罚，已经不再是惩罚。神的报复是有前提的，那就是我们不承认他的判决和我们犯下的错误。

而可笑的是：萨摩斯岛上的暴君波利克拉特斯，为了中止自己无忧无虑无聊无休止的幸福生活，决定改变这种状态，居然将自己最珍爱、最昂贵的珠宝扔进了海里。他觉得通过这个精心准备的不幸，足以换来命运的改变。而命运女神为了嘲笑他的愚蠢，居然让这件珠宝又原封不动地回到了他的手中——让他在鱼肚子里重新找到了。跟这个差不多同样愚蠢的还有：自然女神的祭司哥利本僧和酒神狄奥尼索斯的女祭司们，为了表示虔诚，不惜自残身体、体无完肤，然而这又有什么用？

> 他们精神错乱，理智尽丧，妄图以超出想象的残
> 忍，平息神的愤恨。
>
> ——圣奥古斯丁

人体的自然构造各自有它们的功能，不仅关乎我们自己，还关乎如何服务于神和他人。随心所欲地破坏人体与找借口自杀一样，都是不正确的、不公正的，不管出于什么借口。不珍惜自己的身体和自残行为都是一种极端的懦弱与背叛，这种不受理智约束的冲动不仅愚蠢，而且表现出一种奴性。

这些人的做法都是以错误的行为来表达自己的信仰，结果适得其反。

> 然而，往往是宗教本身造成了种种罪恶与残忍。
>
> ——卢克莱修

我们的一切，无论以何种方式其实都无法与神相比肩，与神性相联系。神性绝不会因为我们的缘故而带上那么多的缺陷。而且，如此至善、至美、至强的神，怎会忍受与像我们这

样下贱的造物相似或者保持某种关系呢？那岂不是自贬身份，损害自己的神性？

哲学家斯蒂尔彭被人问到"诸神是否会因为我们的颂扬和祭祀而高兴？"时回答说："您太冒失了，咱们应该先各自隐居起来——如果您真想谈这个问题的话。"

然而，我们却为神划定了界限和范围，我们将自己的理性置于他的力量之上，（我将我们的理性视为幻想和妄想，哲学除外。因为哲学认为疯狂与邪恶也是由理性导致，它们只不过是理性的一种特殊形式。）还奢望上帝为我们这些脆弱不堪又虚荣自大的智能服务。殊不知，不论是我们自己，还是我们一切的知识皆是神所赐。按照无不能生有的原则，上帝也不可能在没有原材料的条件下创造出这个世界。不过，难道上帝已经将他的神力的钥匙和原动力都交给我们了吗？他向我们保证不会超过我们的科学的界线了吗？在尘世间看到一点神迹的人类啊，你该不会认为上帝在创造这个世界时就已经倾其所有了吧？你所看到的这个微不足道的世界，你所习惯的一切秩序与结构，对于神性无尽的判断力与仲裁权来说，不过是沧海一粟。

你所引用的道理也许不过是某一个城市的法律，你根本不知道整个宇宙的律法。专心于你力所能及的事情吧，神的事情你就不要多虑了。他不是你的同事，也不是你的同乡、你的朋友。即使他偶尔被你所认知一点，那也不是为了屈尊与你站在同样的高度，更不是为了让你控制他的权力。人的身体无法飞上云霄，这是给你的定律。太阳每天永不停止地转动；大海与陆地的分界线始终泾渭分明；水柔软无形；墙无洞则任何硬物都无法穿越；人类无法在烈火中生存，身体也无法同时存在于天空、陆地和其他什么地方。这是为了你上帝才创造的规律，它们针对的就是你。而上帝，他曾经给基督徒们显灵过，让大家明白：只要他愿意，他可以不为所有这些规律所束缚。而且，老实说，万能的神为什么要限制自己的力量呢？他放弃自己的特权对谁有好处呢？相对于上帝，你的理智除了告诉你世界的多样性，说服你相信这种多样性，其他的，它在任何事情上都不能得到更多的真实性和确定性。

历史上最著名的思想家们都相信这一点，我们当中的一些也不例外，只不过他们是迫于人类的理性而承认这一点。我们所看到的这个世界、这座大厦里没有任何事物是独一无二的。

> 万物皆非唯一，唯一则不存。既无生而唯一，亦无独立成长之事物。
>
> ——卢克莱修

所有的物种都有一定的数量，从这一点上来说，上帝从未创造过单独的作品，每件作品都必然有其同伴，而创造每件作品的原料也从未用尽。

> 因此，我必须再三告知你们：必须承认在别的地方存在有类似我们的事物，被整个天空紧紧包裹其中。
>
> ——卢克莱修

显然这些事物也是有生命的，它们的运动使人不得不相信它们的存在。甚至连柏拉图对此都毫无疑义，而我们当中很多人也予以肯定，至少不敢否定，就像不敢否定一个古老的观念一样。这个观念认为无论是星空，还是宇宙当中的其他物体都是由灵与肉组成的造物。从它们的组成结构来看，它们也一样会死去；然而从上帝的意志来看，它们又是永恒的。另外，如德谟克利特和伊壁鸠鲁，以及其他几乎所有的哲学家所言：还存在有其他的世界。那么我们又从何所知，我们这个世界的规则、律法同样的适用于其他世界呢？它们理应拥有不一样的容貌，不一样的秩序、规则。伊壁鸠鲁认为它们与我们这个世界要么相似，要么迥然不同，总之不可能完全一样。在我们这个世界中，只要距离不同，我们就可以看到数不胜数的差异和多样性。无论是小麦和葡萄酒，或者是家畜，在我们父辈发现的新地区都是不存在的——那里的一切都与我们不同。过去，你们也知道在这个世界上，有多少其他地方的人既不知道酒神，也不认识谷神？老普林尼和希罗多德认为在世界的其他地方还有一些人种，他们与我们几乎完全不一样。还认为在人与兽之间，还有一些过渡动物介于二者之间。有些地方的人生来就没有脑袋，眼睛和嘴巴都长在胸上；有些地方的人全部雌雄同体；有些地方的人走路时四肢着地；有些地方的人只有一只眼睛，而且长在额头上，脑袋与我们相比则更像狗；有些地方的人下半身是鱼，而且生活在水中；有些地方的女人五岁生孩子，一生只能活八岁；有些地方的人脑袋特别硬，额头甚至能将铁器顶得卷刃；有些地方的男人不长胡子；有些民族不会用火，而有些民族精液居然是黑色的。

还有些地方的人会自然地变成狼，变成马，最后再变成人，该如何解释呢？而且据普鲁塔克所说，在印度的某些地方，还有些人没有嘴巴，靠闻某些味道为生……我们该有多少描述都是错误的啊？这些匪夷所思的事情既非搞笑，也不是我们的理性与社会所能接受的。由此可见，关于我们这个世界究竟为何这样，它的原动力究竟是什么——大部分的内容都超出了我们的想象。

此外，还有多少事物超出我们的认知范围，它们完全与我们为大自然修订的冠冕堂皇的准则相违背？而我们却还想把神都纳入这些准则之内！有多少事物令我们啧啧称奇，且违背自然规律？这些事物令多寡完全决定于每个人、每个民族的无知的程度。我们发现了多少神秘的特性和未知的元素？因为按照自然法则追随自然，也就是追随我们自己的智慧，一切超出自然法则、超出我们想象力的东西便成了怪诞和超常。然而按照这个道理，对于最明智、最机敏的人来说，一切都成了怪诞。因为人类的理性早已让人类信服：它既没有缘由，也无任何根据。理性甚至不能说明雪是白的，阿那克萨哥拉就认为雪是黑色的。即使是关于我们是否活着的问题，也有人提出质疑，比如欧里庇得斯就曾怀疑过这个问题：我们活着时候的生命是否就是生命，抑或我们死后的生命才是真的生命？

这些观点并非没有表象可以佐证。比如我们为什么将这一刻称之为存在？——要知道这一刻只是漫长无尽的黑夜里一个片段，我们恒久自然的各种条件的一个短暂中断而已。死亡，占据了这一刻的之前，以及这一刻的以后，甚至占据这一刻的一大部分。

有人认为运动并不存在，没有任何东西是运动的——

麦里梭的弟子们就是这样认为的。他们认为，世界只有整体的"一"的存在，既没有环形运动，也没有直线运动可以为"一"服务，影响"一"。对这一点，柏拉图也有所证明。另外，他们还认为，自然世界中既没有繁衍，亦无湮灭。

毕达哥拉斯认为自然界中唯有疑问，一切事物都可以讨论，甚至是讨论是否可以讨论一切事物。芒司法奈斯认为只有一件事是确定的，那就是不确定的存在。巴门尼德认为存在的事物没有普遍性，只有统一性。芝诺却认为甚至连"统一性"都不存在，世界本空无一物。

如果"一"存在，它要么是以他者存在，要么是以本身存在。如果它以他者存在，那这就是二。如果以本身存在，这也是二：形式与内容。按照这些理论，事物的本质只是或错或空的镜花水月。

我向来都认为，对于一个基督徒来说，这种说法的方式既轻率又不敬："上帝不会死，上帝不会反悔，上帝不会这么做、不会那么做……"因为我觉得以我们凡人语言的规则来限定神的力量，并不是件好事。对于这些观点，我们应该更虔诚、更崇敬地来表述。

我们的语言与我们其他的一切一样，有其缺陷与不足。世界上大部分的争端都是源于语法引起的，我们的诉讼案皆是源于对某些法律的争执；而大部分战争的原因，不外乎我们不知道如何更清楚地表达君王间的协议和条约。一个简单的音节"hoc"，不同的理解就给这个世界引起多少争执，而且是多么大的争执啊！让我们来谈一个逻辑学向我们展示的最清晰明了的命题吧。如果您说"今天天气很好"，而且您说的是实话，那说明天气确实不错。这不是一个确切的说法吗？然而这样的说法有时也会欺骗我们。为了证明这一点，我们且看另一个例子：如果您说"我在撒谎"，而且您说的是真的，那么您确实在撒谎。从这句话得出来的结论，其表达、推理和力量与上面那句话是一样的，然而我们却陷入了逻辑的泥潭——您在说真实的谎言。与此同理，我发现皮浪派的哲学家们无法用任何语言表达他们最核心的观点——他们需要一种新的语言。我们的语言完全由肯定的命题组成，这对于他们无异于大敌。我怀疑，只要他们开口说话，人们就可以一句话噎住他们，逼迫他们承认——他们至少肯定自己在怀疑，而且深知这一点。由此，他们就掉进了一个"无法医治"的比较当中，没有这个比较他们的观点就变得无法解释。当他们宣布"我无知""我怀疑"的时候，他们认为这样的观点同时也带走了其他任何观点，这就如同大黄，当它把有害体液排出去的时候，自己也被排出了体外。这个观念如果用疑问句来表达，会显得更加清楚，"我知道什么？"——我就在天平徽章（我们家族的族徽）上写上了这句话。

请看人们是如何以各种大不敬的说话口气而自居的。在有关我们的宗教的争论中，如果您将对手逼急了，他们就会非常蛮横地说出以下这些话来：上帝也没有能力让他的身体同时出现在天堂、地上和其他什么地方。那位爱开玩笑的古人也会充分利用类似的话。"至少，"他说，"对人类来说，这是个不小的安慰，当看到上帝也并非无所不能，他就是想自杀也做不到，这大概是我们人类最大的特权了。他也无法将人变成神，不能将死者复活，不能将曾经活过的人变成没有活过，不能将得过荣誉的人变成没有得过……对于过去，他唯一能做的也只是遗忘。"为了将人类社会与神的比较更生动有趣，他甚至还说上帝也无法将2乘以10不等于20。这就是他说的话，一个基督徒应该避免出于自己口的话。就是出于这种类似的观点，似乎人类正在寻找疯狂的语言，以便将神的位置拉到跟人一样的高度。

当我们说着无穷的过去与未来相对于神不过是一瞬，神的仁慈、智慧、力量与他的本质同性的时候，我们虽然嘴上是这么说，但是我们的智慧却无法理解。而且，我们的傲慢还使得自己想要超越神性，结果产生的不过是所有的幻想与错误——它们将世界陷入不幸，犹如将超重的东西放到了天平之上。

伊壁鸠鲁坚称至正的善与乐只属于神，智慧的人类不过有一点神的影子，与神有点相似罢了。此举让他遭受到斯多葛派信徒多少粗暴的非难！至于他们将神归于命运，则又是多么的轻率！（我自己希望基督徒们还不会这么做。）泰利斯、柏拉图和毕达哥拉斯是将神归于必然性。由于很想看到神，我辈中的一个大人物给神性设计出了一个形体。从此，我们将每天发生的大事都归因于神。因为我们觉得凡是我们觉得重要的事，似乎对神来说，也是非常重要的。相对于那些小事来讲，神就会看得更全面、更认真。因此西塞罗说神"大事皆在于心，小事忽略不计"。听听他讲的例子，他将给你们陈述清楚他的理智：国王们亦不过问细枝末节。

一个国王会动摇一个帝国，但是不会去动摇一棵树。按照他们的理论，与此相似，神会改变一场战役的结果，但是不会去理会跳蚤能跳多高。然而造物主掌管一切造物都是用着同样的手，同样的力，以及同样的规则。我们的利益他不会考虑在内，我们的行为和规则更不会影响到他的意志。

我们的傲慢总是将我们推向亵渎神的地步。考虑到我们人类的义务，斯特拉托认为神也应当承担一定的义务，就像他们的祭师一样。（他将万物的产生与维持归结于自然，认为世界的构成也是由于自然的重力和运动所致，由此他将人类从对神意判决的恐惧中解脱了出来。）"享有至福的永恒的神没有苦恼，亦不会给任何人制造苦恼。"大自然希望同样的事物间拥有同样的关系。因此，无数的凡人中也就包含着同样多的神；有多少杀戮与毁灭，就有多少幸存与利益获得者。诸神没有舌头，没有眼睛，亦没有耳朵，但是每位神却能感知到其他神的感觉，也能够对我们的思想做出判断。与此同理，当人类的灵魂处于自由状态、脱离了躯体时，比如睡眠，或者是迷醉的时候就能猜测、预知、看见平时与身体在一起时看不到的事物。

　　"人类啊，"圣保罗说，"自以为智者，实则是疯狂，还错将不朽的神的荣耀归于自己。"

　　让我们且看一看古代有关神明显灵的闹剧。在举行完一场声势浩大的葬礼之后，火苗蹿上金字塔的尖顶，包围了逝者的棺材……这时候神就会放出一只雄鹰，让它直飞云霄，以此来宣布：逝者的灵魂升入了天堂。我们有很多徽章，里面都有这种雄鹰的标志。其中最著名的就是印有幸运女神头像的徽章，上面可以看到鹰背上驮着被神化的灵魂。我们被自己所编造的五花八门的鬼主意所骗，真是悲哀。这样的做法与孩子无异：小孩子把自己涂成大花脸，本来要吓小伙伴，结果却会吓着自己。"人为自己幻象之奴隶，何其不幸！"我们敬仰创造我们的人，远不如敬仰我们所创造的人啊。奥古斯都所拥有的神庙比天神朱庇特还多，庙里的供奉与信徒更是堪称神迹。塔索斯岛上的居民为了报答阿格西劳斯曾经给过他们的恩惠，对他说他们已经将其列为神。但是后者反问道，"你们国家能创造出神来吗？你们先试试把你们当中的一个人变成神吧，如果做到了，对于你们的这份大礼，我再说万分感谢也不迟。"

人类是多么愚蠢：连一条蛆虫都造不出来，却捏造出那么多的神。

听听特里斯迈吉斯特是如何赞颂我们的能力吧："在人所做的所有值得赞叹的事物里面，就是人发现了神的本质，并能够制造出神。"

以下是这个哲学流派的证据：

"只有神才知道谁是神与上天，抑或，神正是为了被认识而产生。"

"如果神确实存在，那他应该是有生命的；如果他有生命，那就有感官；有感官他就应该有生死。如果他没有躯体，那就没有灵魂，继而没有任何行为。如果有躯体，那就是可朽的。"这是不是很伟大的胜利啊？

既然我们没有能力创造这个世界，那么就一定有什么更优秀的事物插手过这项工程。那种将我们人类视为宇宙中最完美事物的观点，不仅是骄傲自大，同时也是愚蠢。所以，应该还有更优秀的事物：那便是神。当您经过一座富丽堂皇的居所时，即使不知道主人是谁，最起码，您不会说这是给老鼠住的。同样的道理，至于那座高高在上的神圣的宫殿，我们不该相信这是比我们更高贵的某个主人的住所吗？至高不就意味着至圣吗？而我们，却是处于最底层。没有灵魂、没有理智的任何东西都不可能创造出具有理性的生物。世界创造了我们——

所以世界是有灵魂和理智的。我们身上的每个部分都不及我们的整体，而我们自己同时又是世界的一部分。所以很自然，充满了智慧与理性的世界，远比我们自己丰富。既然如此，那么这个世界有一个伟大的统领，就是一件美妙的事。这个世界的统领属于某个幸运儿。天体从不会给我们带来危害，所以他们充满善意。我们需要食物，神也需要，只不过他需要的只是下界的一些气体而已。凡间的财富对于神来说并不是财富，所以也不应该是我们的财富。冒犯神和被惩罚同样都是愚蠢的表现，所以，惧怕神是不理智的。神的本质就是善的，而人，通过技艺来求善、向善，则更善。神的智慧与人的智慧只有一个区别，那就是前者的智慧不朽而已。然而，时间的长短并不能增减智慧，因此，我们与神是朋友。我们拥有生命、理智和自由，看重的是善良、给予和公正。而这些优点同样也表现在神的身上。总之，不论是建立还是破坏神性存在的条件，这都不过是人自己所臆想出来的结果。多好的主人，多好的样板啊！可怜的人类自不量力，随心所欲地夸大、抬高、增加自己的优点，内心不断地膨胀。然而，膨胀吧，膨胀吧，再膨胀吧！贺拉斯可是早就提醒过的——你就是把自己膨胀爆了也不行！

> 人们所想到的并不是神，而只是自己；人们所喜欢的，也是把自己比作神，而不是把神比作自己。
>
> ——圣奥古斯丁

在自然的事物中，结果只能表现出半个原因而已。那么真正绝对的原因是什么呢？它高高在上，凌驾于自然秩序之上，遥不可及，超然独立，我们人类自己的结论既无法贴近它，亦不能束缚它。通过我们人类去达到那个地方，是不可能的，我们的路太低洼。即使我们站在赛尼山顶，也不比海底离天空更近多少，看看等高仪就知道了。人们诋毁神，到了传言他与女人私通的地步，而且还振振有词地说有多少次，甚至生了多少后代。罗马著名的贵妇柏丽娜，萨图尼诺斯的妻子，想与塞拉比斯神同床共眠，结果却是被一个爱慕者抱到了怀中——神庙中的祭祀暗中促成了这桩"好事"。瓦罗，最机敏、最博学的拉丁语作家，在他的神学著作中曾经写过另一个故事：赫拉克勒斯的神庙中的圣器保管员曾经跟神以抽签的方式赌过，一只手代表他自己，另一只手代表神。如果他赢了，他就抽取神的一些供品；如果输了，他就付出一顿晚饭的钱和一个姑娘。结果他输了，只好给神晚饭钱和那个姑娘。那位姑娘名字叫洛朗蒂娜，晚上被神抱在怀中共度良宵。神还告诉她，第二天她遇到的第一个人将会给她一大笔钱。那个人就是塔伦西奥斯，非常富有的年轻人。他将姑娘带回家，后来还将她当作遗产继承人。而姑娘自己后来更希望做一件令神开心的事——她将财富全部给了罗马人民。这也是为什么人民给予了她堪与神相比肩的荣耀。

译者后记

蒙田的时代离今天已经很远了，然而他的智慧至今依然是法国人的国民宝藏之一。

蒙田的思想绝非一朝一夕就能读懂吃透。他的文字在当时虽然简单流畅，但是如今已经成为古典作品，阅读已经有困难，更遑论翻译。在节选翻译了蒙田的随笔之后，译者有些话想要对大家说，权当是解释或者道歉。

一、关于翻译。动笔之前，译者本人就思考了很久，犹豫了很久。蒙田的三部随笔堪称皇皇巨著，里面的内容文史哲相辉映，思想纵横捭阖，文笔却又轻灵隽秀，信手拈来。况且几百年来法语已经有了很大的变化，蒙田的散文用的却是当时的法语，里面还夹杂着很多拉丁语。这样的作品翻译起来，可以想象艰难的程度。想必对谁来说都似乎是一件不可能独立完成的任务。当然还是有不少博学的专家可以担此重任。但是对于笔者，似乎只能望洋兴叹。所以，与其将蒙田的文笔思想淋漓尽致地介绍给大家，以译者本人的笔力、悟性，还不如做一个抛砖引玉的活动。因此在翻译过程中，觍颜删除了蒙田的一大特色——古文引用。一来是囿于个人才力，翻译不好，反而给文章添加滞重的感觉，不符合蒙田的文风；二来，为了读者的方便，毕竟西方经典翻译过来会丧失很多韵味，弄不好狗尾续貂。书中的许多历史知识点本不无价值，但是考虑到一般读者的阅读习惯与能力，实在与专门的研究人员不能相提并论。与其艰难困苦地查阅各种史料，校对知识点，不如畅快淋漓地阅读几篇充满智慧和趣味的文字。因此笔者将一些影响阅读快感、没有太大价值的历史知识点大胆地删除，希望得到行家的谅解。蒙田的译本很多，专业的研究者可以看更权威、更全面的版本。

二、关于蒙田，译者也想觍颜说几句。蒙田严肃么？一点都不。他虽然可以畅谈高深的哲学，但是也不避讳谈美貌的少女、遥远国家的奇风异俗，甚至可以讲一些无伤大雅的道听途说。他的理就在于不是为了说服别人，只是为了阐释自己，阐释自己最真挚的想法。读者爱听则听，他无所谓，所以根本用不着媚俗。

蒙田真实。对于作品来讲，一个"真"字，就难为了无数位作家。不用考虑报酬，不用考虑审查，不用考虑外界的批评与读者的评论。蒙田只是在说自己的事儿，谈自己的想法。"真"了几百年，依然是真。麻烦的是，他的文笔透过汉字（译者自己也惭愧）已经失去了很多原有的韵味与美感。所幸，我们通过文字，还是可以思考、捕捉、揣摩蒙田的想法。而这，并不难。因为他从不故作高深，也不卖弄笔头。

蒙田智慧、坦诚。他拒绝伪装，从不美化自己，也不吝揭露一些虚伪自欺的人类的荒唐行为、豪言壮语以及装腔作势。关键时，寥寥数语他就可以将一些假大空戳穿。他接受丑陋，正视懦弱，也从不回避人性中的弱点，并且敢于把它们一一陈列于纸上。哪怕是关于自己的缺点。直到如今，敢于如此坦诚的作家恐怕都不多。这也正是他作品的价值之一吧。

三、关于蒙田的散文。法语中essais其实也是尝试的意思，而蒙田在写此随笔的时候，并没有定稿，也没有将所有文章细细安排，也许他自己也是在"尝试"，写自己所想，写自己所见、所闻，并没有要写一部传世经典的目的，甚至没有想过这是一本给大众看的书。所有文字，不过是有空时在纸上的尝试而已。因此我们不要按照一般的阅读规则来看这本书。而没有规则大概也是这本书得以流传几个世纪而不衰，传播几个大陆依然熠熠生辉的原因吧。

此外，由于蒙田的随笔，贵在一个"散"字，因此他行文如流水，但是主题也经常变换，老实说，"跑题"情况相当严重。而且，作为一个贵族，蒙田不是职业作家，也无须以作品来换钱，因此对文本的要求做不到"职业化"。所以有些句子未免过于散乱和个性化。难免个别之处没有逻辑，有些知识如今已被验证为错误。对于这些问题，笔者只好大胆做主，按照原文的主题大意以及文本的语境修改了一些，也删除了一些，但是万不敢大动手笔。另外，由于是节选，为了让读者阅读起来更舒服、更自然、更流畅，一些章节的开头与结尾，翻译时的遣词造句也略有改动。

最后，由于时间、才力有限，这个节译本肯定有许多不如人意之处。书中出现的问题还是希望同行能够指正，译者一定会认真再修改。

张俊丰

2014年7月30日于重庆四川外国语大学